假定反派千金似乎要嫁給全國最醜的男人

惠ノ島すず

Kadokawa Fantastic Novels

插畫／藤村ゆかこ

CONTENTS

假定反派千金似乎要嫁給全國最醜的男人
人物介紹
魯斯
在這個世界公認為醜男的
邊境伯爵。
艾瑪紐爾的婚約對象。
艾曼紐
轉生到女性向遊戲世界中的
假定反派千金。
受到的懲罰是與全國最醜的
男人結婚。

卡蘭西亞

艾瑪紐爾的冤家，
原近衛騎士。

莉璃莉雅

伺候艾瑪紐爾的
侍女。

蒂魯娜&
佛魯納多殿下

女性向遊戲的假定女主角與王太子
殿下。為艾瑪紐爾遭定罪的契機
（關係依舊良好）。

序章

「全國最醜的男人……您是說那位魯斯・桑托里納邊境伯爵大人，對吧……？」

父親聽了我說的話後，一臉苦澀地點了點頭。

似乎出於對我的同情，在場的所有人都一臉愁眉苦臉，甚至有人流著眼淚。

我完全無法置信，不可能！

但是，這個消息顯然是真的。

「也就是說……我要嫁給魯斯大人……怎麼、怎麼會……」

啊啊，我的聲音在顫抖。

無法控制自己的表情。

光是要按捺體內的衝動就費了九牛二虎之力——

「這不就是獎勵嗎！」

我忍不住喊出內心的想法，在場的人瞬間全身僵硬。

哎呀，怎麼會這樣？

我現在應該不小心露出了今生最棒的笑容。

幸福得想要跳起來，甚至想大喊萬歲……不對，不可以呢。

實際上，我必須收起笑容。

因為現在是我作為反派千金受到定罪的時候。

畢竟大家還因為我剛剛笑容滿面地說出那句「獎勵」久久無法回神，完全不適合做出歡呼的行為。

……我說的話有那麼奇怪嗎……？

「咳、嗯，不好意思，我失態了。」

我尷尬地清清喉嚨，努力地緊繃著臉說出這句話後，大家的時間終於又開始轉動。

剛才應該是搞錯了什麼吧……？不知道是否都這麼想，大家一臉疑惑地歪著頭。

父親像是要重整心態般搖了搖頭後，用力地點頭說道：

「呃……這不是妳的錯！消息來得太突然了，感到困惑是正常的。放心！這個婚約還沒成定局，只要稍有變卦就可以解除。為此，我正想辦法拖延婚禮的時間……」

「不用，沒關係，我會嫁給魯斯大人。就像對方說的，一個月後我從學院畢業就可以馬上結婚。」

說這句話時，我努力扳起臉孔讓表情保持緊繃。父親聽了之後，眉毛往下垂。

明明不是需要哭泣的事情，他卻一臉馬上要哭出來的表情。

「但、但是，桑托里納邊境伯爵……那個……確實論品行、家世與能力，作為妳的結婚對象都無可挑剔。雖、雖然無法挑剔……我知道說這種話不妥……不過就我來看，他、他實在……長得不體面啊，所以妳不用勉強……」

「我對那位大人的長相沒有任何意見。」

我打斷父親的話，告訴他我並不在意後，父親留下了一滴眼淚。

不是吧……又不是要我保持身材忍著不吃，或是為國家犧牲，更不是因為我刁難女神的寵兒——可能是女主角的人，必須檢討自己的作為。這只是我的真心話耶……

畢竟這個世界所謂的「難看」、「醜陋」，只是「色素淺淡」的問題而已。

第一章　假定反派千金遭判有罪（？）

我想，這大概是所謂的轉生為反派千金吧。

我——艾曼紐．貝特利，從平成時代的日本轉生到這個劍與魔法的異世界，就是所謂的異世界轉生者。

在這個世界，我出生於公爵家，未婚夫是我的堂兄，同時也是王太子。

艾曼紐是這個國家公認的第一美女，擁有得天獨厚的魔法天賦。

順帶一提，擅長的魔法是冰與闇。

這種人設，不就是廣為人知的「反派千金」嗎？至少我這麼認為。

如果真是這樣，那我應該要避免死亡結局。

但現在有一個嚴峻的問題。

那也是我無法肯定地表示自己「轉生成反派千金！」或是「我就是反派千金！」的原因——

我完全不了解這個世界啊……

如果從世界觀和正在發生的事件來推敲，這個世界應該是女性向遊戲。

姑且有「大概是這樣吧」的推測。

不過，對於具體的故事情節和登場人物毫無頭緒，甚至對這個世界完全不了解。

無論看到誰、聽到誰的名字，或是出現多麼令人印象深刻的對話，就連發生震驚全國的事件，看似故事主線開始時，我對這個世界依然一無所知！

完全、一點點、什～麼都不知道，也不了解。

我真的不曉得這種「奇怪的女性向遊戲」。

沒錯，這個世界有點……應該說非常，甚至可以說是奇怪到讓人感到訝異。

之所以這麼說，是因為這個世界對於美醜的標準與我原本的認知截然不同。

當我重新思考什麼是漂亮、什麼是難看時，畢竟美醜的標準會隨著時代和文化而改變，難以用言語來形容。有時還會喃喃自語地說著：「像這樣整體看起來沒有過於突兀的部分，就是漂亮……？」

即便如此，可以篤定地說這個世界的規則很奇怪。

規則相當簡單易懂，但總讓我感到很不可思議。畢竟這個世界的美醜標準是「美＝深髮色」、「醜＝淺髮色」。

還記得此標準有個算是依據或像是原因的理由。

就是這個世界認為髮色代表神明的祝福。

在這個世界，紅色是火、藍色是水，擁有哪種髮色的人就會擅長哪種魔法。此外，髮色愈深的人，使用的魔法愈強。如果是混合髮色的人，則會使用多種屬性的魔法。最後，假如混合成黑髮，那這個人便能夠使用任何魔法。

這真的不是在開玩笑！或許是因為受各個元素神明的祝福，而髮色就是來自神明的影響。

不確定這個世界的人為什麼會魔法，只能推測。

但這個國家的宗教認為是如此。

總之就是這樣。

即便如此，我至今仍然無法理解，為什麼髮色會成為美醜的標準。

起初覺得奇怪是人們對我今世父母的評價。

我的母親是個有點豐滿、個性穩重、總是面帶微笑，相當可愛的人。父親則是個長相過分帥氣的中年男子。

不過外界對他們的看法是，嬌豔漂亮的公爵夫人與外貌上有點缺陷，但憑著優越的地位、聰明的頭腦和財產等本領，獲取夫人芳心的公爵。

原因在於兩人的顏色。

母親的髮色是具有光澤感的黑色，眼睛是栗子色。

父親的髮色是亞麻色，眼睛是黑色。

美醜的標準主要是髮色，但像是受到髮色影響一樣，眼睛顏色深的人相較下更容易受大眾喜愛。

因此，在世人的眼中母親是絕世美女，父親則是因為瞳色多少加了點分數，所以難看程度略低於平均。

……不不不，不對不對不對！

母親的長相看起來滿療癒的，不過我並不認為有到稱為美女的程度吧……？

父親儘管為人父，他的美貌依然過於閃耀耶……？

父親每天都熱情地誇讚母親的美貌，我聽到的時候還覺得他們相處融洽是好事，然而沒想到世人也會迷上母親……？

民眾普遍認為，母親不介意父親的外貌與之相愛是她的優點，可見他們真的認為父親長得相當難看。

這個程度可以說是僅憑色彩就決定一個人的美醜。

大家是孔雀嗎？

這個世界的人類，對美醜的感官程度就跟鳥和蟲子差不多。

我記得小時候意識到這一事實的時候，是這麼想的。

之後詢問身邊的人，為什麼決定美醜的時候不考慮相貌和體格時，得到各種讓人感到困窘的答案，像是「為什麼要在意這些？」或「聽說不知道第幾代的國王，會根據腳踝的圓潤程度來選擇妃子，妳說的應該是類似這種吧……？」

沒想到我的審美觀，會被看成與「腳踝圓潤程度」同等級的特殊戀物癖。不對，更準確地來說，相貌和體格被視為與腳踝一樣「怎麼樣都無所謂」的部位。

嗯，我真的是轉生到一個異世界中的異世界。

如果說這個世界是女性向遊戲，那這邊會認為是攻略對象的帥氣男人們，主要也是看髮色，全部的人應該都擁有接近黑色的髮色。不禁懷疑，這該不會是一個有著極端黑髮癖的人所想出的企畫吧。

他們的魔法能力確實都很高強，而且長相普遍都很不錯，但如果要說他們是否像是女性向遊戲的攻略對象……老實說，這些成員裡也有長相頗路人的人，所以我才會不禁認為這是一款「奇怪的女性向遊戲」。

話說回來，我的未婚夫，也就是最後被那個假定女主角攻略的王太子殿下，就長得不怎麼樣。

在我看來，他的容貌給人的印象穩重溫柔，沒有過多的華麗感。不過，他的頭髮和眼睛的顏色都是近乎黑色的深棕色，所以這個世界的人似乎認為他帥到不行。

他是一位（髮色）非常帥氣的王子殿下。

沒錯，我之前提到過，自己似乎是反派千金的根據——「全國第一美人」，也是因為我和王太子殿下一樣，都是全國最美的人（頭髮）。

因為我那從母親那裡遺傳的，在陽光下才能看出是藍色系的黑髮，讓我成為最美的女人（頭髮）。

啊，順帶一提，從父親那裡遺傳的黑眼睛也算是一個重點，所以準確來說，我應該是全國最美的女人（顏色）吧。

……不管怎麼說，其實滿虛幻的。

虛幻歸虛幻，總之我具備了在這個國家算是得天獨厚的條件。

不愧對反派千金的身分、無懈可擊的美貌（顏色）、令人羨慕的出身，以及富裕的家庭。至今為止，我接受了這些，享受著奢侈又幸福的生活。

從身體不好早早過世的前世角度來思考，只要能夠學習到許多知識，盡情地活動身體，就已經心存感激，我知道不會有比這個更好的生活了。

因此足夠了。

即便未來會作為反派千金迎來注定的毀滅性結局，我依然擁有魔法方面的才能，以及接受了充分發展這個才能的高等教育。

我沒有犯下無法原諒的重罪。

懲罰可能包括與貝特利公爵家斷絕關係並剝奪貴族身分、待在神殿進行數年的社會奉獻活動，最嚴重的是驅逐出境吧。

無論是哪一種懲罰，我都已經獲得可以愉快生活的能力。

抱持著這樣的決心，今天就是我——反派千金艾曼紐·貝特利公爵千金遭定罪的日子，但是……

反派千金的定罪環節，這麼單調真的好嗎……？

我抱著覺悟終於迎來今天這個日子，首先感受到的就是這個疑問。

二月下旬的今天，想說隨著國家的和平來臨，我差不多要迎接最後的結局，果不其然地被叫到王城的接待室。

不過這間接待室位於城堡的深處，其實是王族與極其親近的人舉行小型茶會時所使用，相對較小的房間。

參加者有推測是反派千金的我——艾曼紐．貝特利、我的父親貝特利公爵、目前還是我未婚夫的佛魯納多．德爾菲尼姆王太子殿下、殿下的戀人，推測是女主角的「女神的寵兒」蒂魯娜．拉克斯珀以及國王陛下。

……照理說不是應該在聚集許多人的場合，高調地揭露我的罪行，大聲宣布解除婚約，並對我定罪嗎……？

好吧，那終究只是故事才會出現的劇情。出乎意料地，實際上決定事情時，可能是像這樣只有召集當事人舉行祕密會議。

就當作是如此吧。

接下來，他們會對我做出什麼樣的判決呢？

真希望只是從王都流放。

現在國王陛下正在一一宣讀對我的指控，但我對這些事情幾乎毫無頭緒。聽起來是我在學院欺負推測是女主角的蒂魯娜，例如藏起她的物品、撒謊、散布謠言之類的，這些事情我全都不知情。

不過倒是記得那些指控所說的「受到誰的指使」、「是誰的命令」那些誰的名字。全都是與我關係好的朋友，或是與我家同屬一個派系的家族子女。

我不記得有指使和命令過誰，但如果真的發生了這些事，那他們肯定是為了我吧。未婚夫的心確實被奪走，不過我們的婚約只是政治策略，我對他絲毫沒有特別的感情。更何況我很清楚自己是女性向遊戲中確定會落敗的反派千金，所以早就已經放棄。

老實說，那些人只是在多管閒事，我想大家都是為了我才做了這些事。

其中甚至還有一些我們派系的人物名字，讓我不禁懷疑那個人真的會做這種事嗎？也想過是不是別人趁這個機會把錯推到我身上？

無論如何，整個派系在政治上敗北，貝特利公爵家作為這個派系的領導者，而我作為公爵家的長女，必須承擔責任。

既然已經發現蒂魯娜是女神的寵兒，就必須有人為她遭到輕視這件事付出代價。

為了隆重地慶祝蒂魯娜和王太子殿下受到女神祝福的婚姻，當然要說：「蒂魯娜才不是橫刀奪愛喔～是因為之前的未婚妻是一個惡毒的女人，不適合成為王太子妃，所以才解除婚約～」

這也是沒辦法的事，畢竟這是所處立場帶來的責任。

「『……以上是艾曼紐．貝特利所犯下的罪過，神殿呼籲國王必須給予嚴懲』……

這就是神殿送來的親筆信全文。」

國王陛下說完這句話之後，將手中的一疊信紙（看來是神殿送來的信件）隨意扔到桌上。

「真的是太無聊了。」

陛下不高興地哼了一聲，我歪了歪頭。

嗯？難道陛下的想法和打算譴責我的神殿不一樣……？

「就是說啊！艾曼大人根本沒有做任何壞事！而且剛剛那封信裡有九成都是『～教導錯誤的禮節和習慣，誘導寵兒做出失敗的事』，那些完全是我自己做錯事！無論是艾曼大人還是其他人都沒做過那種迂迴討厭的事！」

推測是女主角的蒂魯娜・拉克斯珀氣呼呼地說道，頭髮和眼睛還散發出使用寵兒能力時才會出現的粉紅色光芒。面對模樣如此有趣的蒂魯娜，我愈來愈感到困惑。不知道是不是快氣到失控了，她的臉蛋有點漲紅。

其實蒂魯娜出生於不太嚴謹的鄉村男爵家，成長環境相當悠遊自在，所以並不熟悉貴族的禮法和習慣。

再加上她做事比較不經大腦，常常幹勁十足地獨自搞砸，我根本來不及阻止。

反而會以同學的身分替她善後，並教導正確的做事方式。不知不覺中，我們成了好朋友，關係親密到稱呼對方為「蒂魯娜」、「艾曼大人」的程度。

但是她難道沒有發現，如果不治我罪，自己就會陷入左右為難的處境嗎……？

「艾曼大人，真的很對不起，因為我是個無知愚笨的鄉下人，妳才會被這種奇怪的誣陷纏身……」

蒂魯娜瞪著一雙濕潤的大眼睛哽咽地說著，我因此嚇了一跳。

「不是妳的錯……」

「不，說真的，聽到剛剛那封信裡的內容，我才知道自己原來做了那些好事，真的太丟人了。啊！為了好好反省和學習，我是不是應該將那些內容抄一遍？」

蒂魯娜突然打斷我反駁的話，微微歪頭如此說道。坐在一旁的佛魯納多王太子殿下輕輕地摟住她的肩膀。

「妳現在是地位超越王族的女神的寵兒，那封信裡也寫了許多並不是什麼錯誤的內容。所以我認為妳沒有必要特地將那些充滿惡意又不吉利的東西當作教材。」

聽到王太子殿下用充滿愛意的甜美語氣說出這番話時，我下意識地將視線從他身上移開。

甜到無法直視的程度，真的太膩了，饒了我吧！

「那我就不做了！但是……那樣很多事情都會有所改變吧？好、好難啊……！」

彷彿殿下那甜蜜的話語從未出現過，蒂魯娜的說話方式依然充滿活力。看著邊呻吟邊抱著頭的蒂魯娜，我露出苦笑。

「蒂魯娜大人，您的立場已經出現極大的變化……」

在我不由自主地說出這句話後，蒂魯娜突然抬起頭。

「竟然連艾曼大人都叫我蒂魯娜『大人』……！好寂寞！請像以前一樣叫我蒂魯娜啦……」

聽到她快要哭出來地說了這句話，我苦笑地放鬆下來。

「就連之前在學院叫我『喂！那邊的』，或是說我『跟平民差不多』的人，也都突然叫我女神的寵兒大人……明明不改口也沒關係，像我這種人……」

「別再繼續說下去了。」

聽到這不像樣的發言，我打斷蒂魯娜的話。

既然她都這麼說了，我乾脆把剛剛聽到她說自己是「無知愚笨的鄉下人」時就想說出口的話說出來。

「蒂魯娜大人，請恕我冒昧。您被發現擁有作為愛與治癒女神的寵兒大人的力量，並復活國家的守護龍大人。多虧於此，這個國家才得以獲救。請好好想想，您拯救了多少人的性命，有多少人對您心存感激。」

見蒂魯娜正在認真傾聽我這些比平時更嚴厲的話，我繼續說道：

「您展現了可以追溯到這個國家起源的奇蹟，現在您的身分比這個國家任何人都還要珍貴。希望您知道，您貶低自己的行為，就等同於貶低我們貴族和全體國民。您必須理解，這個行為是在愚弄所有感激、崇拜您的人。」

我直截了當地說完後心想：「說了這麼沒禮貌的話，我的罪刑會不會增加呢？」算了，大概只是從一百增加到一百零一而已，沒有太大的差別吧。

「我也覺得艾曼紐大小姐說得沒錯。」

王太子殿下露出苦笑，溫柔地說出這句話，不知所措的蒂魯娜慢慢地點了點頭，像是在自言自語般開口：

「……總覺得最近學到的各種知識，在剛剛突然融會貫通。原來如此，所以我的舉動不能受他人輕蔑，不可以事事都想獨自做，不能輕易低頭道歉，道謝時也必須保持在該有的立場，啊啊啊……！」

即使她還是抱住了頭，最後總算是理解我說的話。

「……非常感謝……不對，是謝謝妳，艾曼大人。要是妳沒有如此直白地告知，我今後大概也會在無意中繼續貶低各位。」

聽得出蒂魯娜不習慣這麼說話，但還是盡力地說出口了。馬上改口不對我說敬語的姿態，真是太棒了。

不過語氣上還是有點瑕疵，感覺仍然把我放在比較高的位置……算了，這些細節之後應該會有負責的人教她吧。

很高興現在可以看到她抬頭挺胸，稍微散發出威嚴的樣子。

「……話雖如此，艾曼，妳還是得為了那些罪行贖罪。」

我和蒂魯娜互相露出微笑後，父親在這個輕鬆愉快的氣氛之中，插入了一句生硬的話語。

「您說得沒錯。」

「為、為什麼？艾曼大人完全沒有對我做任何事……而且你們也知道，在學院裡，她還教導我形形色色的事情……！」

我理所當然地點了點頭，蒂魯娜卻用悲痛的聲音喊出這句話。

「蒂魯娜冷靜點，這裡沒有人認為艾曼紐大小姐做錯事。但是，既然神殿已經送來親筆寫的信，就不能當作什麼事都沒發生……」

王太子殿下這番話像是要安慰蒂魯娜，然而她無法接受地瞪著王太子殿下。

「這是沒有辦法的事情。我們公爵家在政治鬥爭上吃了敗仗。如果只是神殿單方面認為，也許還有勝算……但現在連世人都認為女神的寵兒大人戰勝了作為反派的艾曼，並與殿下共結連理。」

聽了父親的話，國王陛下竟然低下頭。

「真的非常抱歉，明明是王室的人做了不誠實的事……」

儘管是非正式場合，但一國的國王做出這樣的舉動，使我為難地顫抖了一下。

身為陛下堂兄弟的父親似乎並不在意他的舉動，只是面無表情地點了點頭。

「不用放在心上，敗者受到懲罰是天經地義的事。而且只要解除婚約就可以讓王室和女神的寵兒大人欠公爵家一個人情，這代價不算大事。在這個國家，不可能有人想阻礙受女神祝福的兩位。總之從今天起，我將解除艾曼紐與佛魯納多殿下的婚約。」

父親爽快地如此說道。

沒錯，蒂魯娜和王太子殿下互通心意，顯現了女神大人的奇蹟。蒂魯娜是能夠召喚女神大人的寵兒，不過也許是因為祂是愛之女神，蒂魯娜要使用力量，殿下就得陪在身邊一起祈禱。這點真的很女性向遊戲。

總之這就是為什麼國家和神殿都必須盡全力祝福他們，使其永遠幸福快樂的原因。

所以得解除我和殿下的婚約，避免成為這段關係的阻礙。這個決定是正確的，我沒有其他意見。

「……問題在於，神殿和人民想要的不只這些，他們希望能夠給予『壞女人』適當的懲罰。」

對於國王陛下一臉苦澀地說出的這句話，似乎只有我一個人因為「罪有應得呢！」而感到興奮。

看來國王陛下、殿下和蒂魯娜似乎都因為罪惡感而一臉內疚，表情僵硬。我父親的臉上似乎也寫著：「該怎麼辦呢？」

「事實上，蒂魯娜大人……」

「請稱呼我為蒂魯娜。」

蒂魯娜堅定地打斷我的話，快速表達自己的意見。這件事有這麼重要嗎？

但為了繼續說下去，我老實地聽從寵兒大人的話。

「……即便只有一成如神殿指控般，蒂魯娜受到霸凌，我作為她的同班同學，作為其中最應該團結所有人的公爵家千金，打算承擔責任。無論是被稱為壞女人還是受到應有的懲罰也是理所當然。」

「抱歉……」

看著陛下再次低頭認錯，我著急地用稍快的語速說道：

「不是的，這也是為了我自己。既然世人都認為我是壞女人，罪有……抱歉，我認為受到應有的懲罰，也許就不會出現有人想執行私刑的過激行為。」

「說得沒錯，『女神的寵兒大人』拯救了這個國家，現在的聲望極高。目前還不知道這股熱潮會如何失控。若是無罪釋放艾曼，根本不可能博得同情啊。」

正如父親所認同的那樣，守護龍大人虛弱時，魔獸在國家各處肆虐，眼看國家就要滅亡並沉入黑暗時，女神的寵兒出來拯救了國家，因此其受歡迎的程度已經到了狂熱的程度。

再加上這個劇情的進展，幾乎重現了這個國家的建國神話。

這個國家原本只是許多小村莊聚集在一起的一個地區。某天受到「愛與治癒女神」祝福的少女出現，並與未來將會成為首任國王的某村長青年心意相通，於是女神派遣守護龍大人到這個地區，表示「希望得到我祝福的這兩人能夠守護我愛的一切」。

在少女和青年的祈禱下，守護龍大人發揮神力，保護這個國家的人民免於遭受凶惡魔獸的襲擊。國家因此迅速發展，繁榮昌盛了許多年。以上就是本國的建國神話。

蒂魯娜和王太子殿下再現了神話，由此可以理解夾在他們中間造成阻礙的「反派千金」是多麼不可饒恕的存在。

如果不能罪有應得，我會很困擾。只要在這裡受到過重的懲罰，我們公爵家之後就會得到世人的同情。

「呃，我想問一下，現在對我的懲罰有哪些選項……？」

再次深切地感受到罪有應得的必要性後，我悄悄地問了一句。這時一直沉默不語，表情嚴肅的父親抬起頭來。

「本來是打算驅逐出境，送到鄰國留學……但是，某個家族認為妳會和殿下解除婚約，就提出了其他建議，目前神殿和貴族議會覺得『這樣正好』同意了這項提議。」

從解除婚約提出的建議，也就是說，為了給予反派千金該有的懲罰，我將會締結一段糟糕的婚姻？

看著似乎知情的國王陛下和父親一臉悲痛的表情，我的猜測應該沒錯。

……總之就是無法用國外留學來搪塞的懲罰吧。

姑且還是試探一下這個婚姻到底有多糟糕。

「那是……什麼樣的提案呢？」

我輕聲詢問後，就看到國王陛下深深地嘆了一口氣。

他在嘆氣的同時，稍微低下頭，一邊像是正在忍耐頭痛般用手扶著額頭，一邊娓娓道來：

「這原本是王室應該要處理的事情。很久之前就有人提議，要將王室魔力高強的女兒嫁去作為國防要地的那個家族，不過……」

「原來如此，王室的未婚子女現在只有王子殿下而已，與王室淵源最深，尚未結婚的人……嗯，就是我。」

這也沒辦法吧？也許對方的年齡比我還大很多，貴族女兒的婚姻就是這樣。

如果只是做了應盡的義務，就能讓世人覺得我罪有應得，那另當別論……

咦，等一下。

……國防要地？沒有未婚妻，難道是………

「作為國防中樞的家族，就是桑托里納邊境伯爵家。對方提出的要求是，在妳從學院畢業一個月後，馬上迎娶妳為新娘。」

「與全國最醜的男人結婚——是目前艾曼紐大小姐最有可能面臨的懲罰。」

聽到父親和陛下用充滿悲愴的聲音說的話後，我感到無比震驚。

桑托里納邊境伯爵家提議，讓我與全國最醜的男人結婚。

竟然、竟然是這樣……！

我設法壓抑內心的激動，用顫抖的聲音詢問：

「全國最醜的男人……您是說那位魯斯‧桑托里納邊境伯爵大人，對吧……？」

父親聽到我說的話後，一臉苦澀地點了點頭。

似乎出於對我的同情，在場所有人都一臉愁眉苦臉，甚至有人流著眼淚。

我完全無法置信，不可能！

但是，這個消息顯然是真的。

「也就是說……我要嫁給魯斯大人……怎麼、怎麼會……」

啊啊，我的聲音在顫抖。

無法控制自己的表情。

光是要按捺體內的衝動就費了九牛二虎之力——

「這不就是獎勵嗎！」

我忍不住喊出內心的想法，在場的人瞬間全身僵硬。

在我的「獎勵」發言後，過了一陣子。

我是不介意……反而還很開心，但是眼裡含著淚的父親不知怎麼的卻不肯罷休，一直想說服我。

「艾曼紐，妳知道嗎？那位的眼睛和頭髮都是淺灰色，甚至還被稱為『無色的邊境伯爵』。」

「我覺得那是有光澤的銀色，而且我喜歡那位的長相。」

「唔！不、不是的！即便妳不在意他的外表，那位的魔力非常少，還被評為『遭神明拋棄』的人，這樣妳還是不在意嗎？」

「魔力的確很少，正因為如此，我嫁去邊境伯爵家才有意義。能夠互相彌補不足的地方，建立良好的夫妻關係。」

「說是互補，難道不是單方面造成妳的負擔嗎……」

「我並不這麼認為。儘管缺乏魔力，邊境伯爵擁有很棒的劍術本領。強大到可以守護不僅與鄰國接壤，還經常出現許多凶惡魔獸的領地。先前魔獸湧出時，那位也在保護我們，所以我才能放心地使用需要長時間詠唱的大型魔法。」

「……年紀也比妳大了十歲……」

「又不是一百歲，並不是太大的問題。而且父親也和母親差了八歲不是嗎？」

「……那個……邊境伯爵領地離這裡很遠。」

「那也還是在同一個國家不是嗎？如果您之前真的打算送我去鄰國留學，現在不是反而距離更近嗎？」

在我平靜反駁的過程中，父親說話愈來愈小聲。

差不多該讓他放棄了。

我一股腦兒對沉默的父親說：

「話說回來，我根本不認為與邊境伯爵的婚約是懲罰。如果是從王太子妃到邊境伯爵夫人的角度來看，地位多少有點遜色……但是，就先前在消滅多到數不清的魔獸時與他相處的結果，我對魯斯大人非常有好感。」

聽了我說的話，大家都用難以置信的眼神看著我，為什麼？

由於守護龍大人變得虛弱，出現大量強大的魔獸，包括蒂魯娜在內，我們學院學生也參與了戰鬥，魯斯大人則是活躍於前線。也有可能在那時候迷上他吧……

為什麼是這個反應呢？是因為頭髮和眼睛是銀色的嗎？但是他真的很帥，帥到無論別人說他多醜我都無所謂。

看到他如此活躍的樣子，魯斯大人的外貌在我眼裡真的非常帥氣，不對，即便他沒有那麼帥，我一定也會為他著迷。

我曾有幸與他說過幾句話，他既善良又很有責任感，真的是非常棒的人，是我暗中憧憬的對象。

所以我堅定地抬起頭，坦誠地說出內心的真心話。

「我面臨即將被驅逐出境的厄運，是魯斯大人救了我。無論世人和神殿的想法，我都如此認為。希望父親和在場的各位也都可以有同樣的想法。」

聽到我說的話，父親低下了頭，陛下像是在安慰父親一樣輕輕地拍了拍他的肩膀。

殿下和蒂魯娜則是互相交換了眼神。

「對不起，讓妳說到這個分上。妳承擔了本來應該是皇室應履行的責任，我該如何感謝才好……」

「為、為了報答艾曼大人的恩情，我一定會在神殿獲得一席之位……！」

殿下和蒂魯娜似乎還是有所誤會，對我說了這些話。

「不，我是真心的，這是我的真心話。並非為了不想讓你們為我擔心而強裝開朗，是真的打從心底為這樁婚事感到開心呀！」

我拚命地解釋，但是殿下和蒂魯娜只是用快要哭出來的表情，不停地點頭。我的真心完全沒有傳達給他們。

「……不管怎麼說，現在都應該儘量賣他們人情。」

父親低聲說道。

確實，這兩個人確定會在未來成為這個國家的領導人，賣他們人情，以後應該會很方便……？

「總、總之！我很樂意嫁給魯斯大人！一個月後從學院畢業就馬上嫁！」

我想要直接定案，所以直接大聲宣布。

父親臉色蒼白、驚慌失措地對我大叫：

「怎、怎麼可能一個月後就把妳嫁出去！訂婚期應該要有一年的時間！」

「為什麼呢？」

「說、說什麼為什麼，要做好各種準備……」

「即便婚禮需要大量的準備工作，必須花到那麼長的時間，但我也可以先去那邊登記。無故違反對方所說的日期，您覺得可以嗎？」

正當寸步不讓的我和父親互相瞪視彼此時，突然有人嘆了一口氣。

「……先在家閉門思過三個月。」

接著，國王陛下說了這句話。

「……嗯？」

陛下看向歪著頭的我再度嘆氣，面露難色地表示：

「艾曼紐‧貝特利公爵千金，我在想要怎麼回覆方才神殿送來的親筆信。的確正如艾曼紐大小姐所說，與桑托里納邊境伯爵的婚姻並不算懲罰。如果說是懲罰，那就等於在嚴重汙辱邊境伯爵。」

嗯，那倒是。

確認我點頭後，陛下接著說：

「因此，對妳的懲罰是，從今天開始為期三個月的閉門思過。在這三個月內，不可

參加社交活動和出入公共場合、不能去學院或參加學院活動，當然也不得嫁去邊境伯爵領……對於突然要將女兒嫁去遠處的父親來說，至少給他一點做好心理準備的時間。」

「陛下……！」

爸爸感激地喊著陛下。我嘆了一口氣，這也沒辦法。

也是呢，如果只有獎勵，無法得到平衡。

老實說，不用參加讓人如坐針氈的畢業典禮，也不用出現在社交活動，接受大家好奇的目光，也算是幫了我大忙。在結婚前，能夠留一點時間與家人相處也滿好的。

「……知道了，我會遵從陛下的決定。」

我勉強地回了這句話，陛下溫柔地微笑。

事情大致都告一段落。

在如此輕鬆的氛圍下，不知為何，陛下突然表情嚴肅地開口：

「抱歉啊，都是艾曼紐大小姐在受苦。」

「什麼？不、不是這樣的……」

「撇開與邊境伯爵家的事情不談，犬子不顧自己已有婚約的事實，不尊重妳，還與他人談情說愛。如此愚蠢的行為連辯解的餘地都沒有，請讓我再次向妳道歉。」

看著陛下飛快地低下頭，我感到驚慌失措。

「不是的，我其實很慶幸與寵兒大人心意相通的對象是殿下。」

這是我的真心話。

畢竟如果這裡真的是女性向遊戲，自然也有其他的發展路線吧。

根據對方的家族情況，很有可能會出現建國王轉世的新國王派和現國王派，導致國家分裂。

最重要的是，如果蒂魯娜沒有選擇殿下，那我就不可能嫁給魯斯大人。

「……妳的深思熟慮令人欽佩。我和佛魯納多在此發誓，將會為了妳竭盡全力。」

不曉得他們是知道我那精打細算的真心，還是明明知道卻閉上眼裝作不知道。

總之，推測是反派千金的我，似乎跨越了定罪環節，獲得了理想的未婚夫，以及得到國王陛下、下任國王陛下以及女神的寵兒大人等等過於豪華的陣容，對我的內疚感和感激之情。

第二章 閉門反省生活要和信一起

「我收到之前提議的婚約答覆……對方表示同意。信上寫到，艾曼紐大小姐正在閉門思過，五月底會來到我們領地，打算馬上登記並開始在這裡生活。」

桑托里納邊境伯爵府裡，家主魯斯的書房內。

魯斯一邊看著從貝特利公爵家收到的書信，一邊喃喃自語的瞬間，從其父親時代就一直服侍桑托里納邊境伯爵家的老管家，誇張地歪著頭。

「本、本來以為這是不可能的……」

聽到管家的話，魯斯用力地點了點頭，並再次翻看那封內容令人難以置信的信，這已經是第十七次重看這封信。然而無論看了多少遍，信上的內容都沒有改變。

書信有兩封。一封上面簽有貝特利公爵和國王陛下的署名，承認艾曼紐和魯斯的婚約，一封是艾曼紐的親筆信。這封親筆信幾乎可以稱得上是一封情書，上面寫著她對此婚約的喜悅，對因為要閉門思過而推遲結婚日期之事表達誠摯的歉意，並說三個月後一定會來到桑托里納邊境伯爵的領地。

「如果不親眼讀這封信，應該不會相信吧？我自己也覺得難以置信……乾脆，你也看一下吧。」

如此說道的魯斯將手中的兩封信遞出去，老管家快速接下並迅速讀完全文。

老管家懷疑信中可能有會理解成別的意思的曖昧字眼，或是有意欺騙的內容，所以閱讀得很仔細。

他從頭到尾讀了三次，偶爾被熱情的艾曼紐誇張地讚美魯斯的言詞嚇一跳，懷疑她的大腦裡是不是開滿了花田。

「在我看來……確實是那麼寫的沒錯。」

老管家用略帶疲憊的聲音承認了這一點。

「……該怎麼辦？」

「……我們這邊也只能儘快安排，必須做好三個月後迎接夫人的準備……」

他們用稍微冷靜的聲音說出這番話後，終於接受了這突如其來的狀況，主從兩人開始感到驚慌失措。

「咦，不是，這也太奇怪了吧？我本來預期他們會不講理地想盡辦法延期啊！」

「我也是這麼認為！本來的預想是他們會用準備時間不夠、教養上不了檯面、有家族遺傳疾病、親人的不幸等不斷找解口，拖個三年都不來，最後用某個牽強的理由解除婚約……！」

「對，沒錯！父親當時也是這樣對吧？」

「是的。前家主就是反覆遭遇這種事，婚期不斷地延遲，所以魯斯大人也比較晚誕生，導致您不得不在年輕又未婚的情況下承擔邊境伯爵這個身分……」

「父親的外貌已經很糟糕，我又更勝一籌……所以才想說先提一個不可能的時間，也就是一個月後，當然之後會遭到反對，接著再不斷地讓步又讓步，展現我已經做了最大的妥協，最後以一年內結婚為目標。原本的預期不是這樣嗎？」

「我也是這麼認為的。」

魯斯和老管家互相確認彼此的認知一致後，都嘆了一大口氣。

接著，他們再看一次讓人感到驚慌失措、出乎意料的書信時，魯斯嚴肅地開口：

「難道艾曼紐大小姐不知道我沒有顏色嗎……？」

「您在說什麼呢？這個國家沒有人不知道您的名聲。更何況，您們還曾經面對面聊過幾次話不是嗎？我至今還清楚記得，您回來那天激動地跟我說：『和這麼醜的我近距離交談，她卻完全沒有皺眉或是哭泣！』」

「是啊，所以當我聽到她背負壞女人的汙名，被迫解除婚約時，十分坐立不安，才會推薦自己成為她的新婚約者……但是那位竟然會答應和我這種人結婚，能想到的原因只有她不知道我沒有顏色……」

「在那封信中，您不是得到諸如『彷彿月亮光輝的銀色』的讚美嗎？毫無疑問，艾曼紐大小姐也渴望嫁給『無色的邊境伯爵』，也就是說……」

「也就是說，那位現在的狀況非常糟糕吧？她的處境艱難到不得不這樣讚美我。」

魯斯毫不含糊地說出老管家後面沒說出口的話。

「……也許是這樣。考慮到那位想要在閉門思過的期限一結束就搬過來，那她在王都可能正面臨著會遇到危險的情況。如果能從那裡逃走並受到保護，就算是沒有顏色也沒關係。」

老管家說完後，想到主人思慕的人被逼到如此絕境，輕輕拭去眼角的淚水。

「竟然將那位如女神般仁慈體貼的千金大小姐逼到如此地步……！」

魯斯握緊拳頭，想到被逼至絕境的艾曼紐，他的眼睛明顯充滿對王都人民的憤怒與憎恨。

老管家忍著自己眼中的相同情緒，開口說道：

「必須趕快把一切事情都安排好，避免艾曼紐大小姐在這裡有任何不便。」

「好，趕緊準備吧。為了讓艾曼紐大小姐這三個月在公爵宅邸也能夠過上舒適的生活，應該送點慰問品，再幫我一起安排吧。」

「我知道了。艾曼紐大小姐不能離開公爵宅邸，安全上應該無虞，但視情況，我們也許也可以派幾個護衛過去。」

「好，我先回信，了解那邊的情況。」

「……請不要相信艾曼紐大小姐在信中寫的『暗中戀慕您』或『由衷尊敬您』這些話，而寫出不體面的輕浮話回覆。」

「我知道，這些話都會想成『希望現在能馬上得到救助』、『現在真的很苦惱』的訊號。」

「正確的判斷。少爺……不對，從現在開始應該要稱呼您為老爺。除非是和老爺相處很久，了解您的內心想法，應該不會出現像信裡寫的那樣『幾乎是對您一見鍾情』這種事。」

「我知道，不用一再強調。不過即便是謊言，願意這麼寫，也代表她是一位非常溫柔的人。為了仁慈而美麗的她，我必須做好現在能做的一切……！」

下定決心並匆忙行動的年輕邊境伯爵和忠實的老執事並不知道。

艾曼紐在信中寫的，不管是對魯斯的讚美還是表白的話語都是發自內心的真話，沒有參雜一點謊言。

而且他們也沒料到，從艾曼紐來到邊境伯爵領地的那天起，他們即將面臨被她那比信裡還要意想不到的言行舉止牽著鼻子走的未來。

「喂，你有沒有聽說貝特利公爵千金的處分？」
「喔，記得是在家裡閉門思過三個月？有點輕微啊……」
「別傻了！不是那個！那只是國家和神殿對外宣布的處分。」
「什麼？所以還有其他的處分嗎？」
「你知道她和王太子解除婚約了吧？已經決定之後的結婚對象了。那個人就是『無色的邊境伯爵』魯斯．桑托里納！」
「竟然……也太殘酷了……」
「對吧！你也這麼覺得吧！欺負女神的寵兒大人確實不應該，但據我所知，她只是做了一些小家子氣的事情而已。」
「如果對方勾搭自己的未婚夫，我也會這麼做，更何況只是偶爾說說壞話、整整對方。這麼漂亮的千金，竟然要嫁去那種地方……」
「會不會太過分啦？」

「兩位，事實好像不是你們說的那樣喔！」

「嗯？」

「喔？」

「聽說很久之前就在討論，應該將王室魔力高強的公主嫁到邊境伯爵的領地。」

「喔，也是，那裡從各種意義來說都是最前線。現在的邊境伯爵幾乎沒有魔力，但似乎非常有實力，如果下一代擁有魔力，那確實會更加強大。」

「而且那個地方是重要的據點，對王室來說，建立穩固的關係會更安心呢。」

「沒錯，聽說貝特利公爵家的千金為了國家自願承擔這個責任。」

「竟然是這樣……那她應該不是『壞女人』吧？」

「反而是個……好人？」

「為了國家和寵兒大人讓出王太子妃的位置，為了國家嫁給那邊境伯爵大人，這已經不是可以用好人來形容了。」

「……她原本和王太子的關係本來就沒有很熱絡，可能不是那種會沉迷情愛的人，而是那種正經、克制的人。」

「真希望艾曼紐大人可以獲得幸福……你想想，邊境伯爵的外貌雖然不好看，但一定很有錢……」

「邊境伯爵領地是一片富饒的土地，儘管很容易出現凶殘的魔獸，相對的也是可以從魔獸身上獲得稀有強大素材的地方。」

「而且與鄰國的進出口貿易也很活絡，好像賺了不少錢，再加上大部分實力堅強的冒險者都聚集在那裡，是個很繁榮的地方。啊，你有聽說嗎？之前……」

定罪（？）事件發生後過了兩週。

我──艾曼紐・貝特利公爵千金完全不知道外界的流言蜚語，目前正在接受閉門思過懲罰，窩在自家宅邸，享受著與未婚夫魯斯大人通信的快樂。

我相當沉迷人生首次的戀愛，每天都發情書給他，但魯斯大人的回覆都相當規矩。

應該是因為我現在有閒有魔力，每次寄信時都會附上魔法製，會自動回到我身邊的回信用信封。

他的回信簡單來說就是「謝謝您的信，今天我們這邊發生了這樣的事。期待與您相見。」這種樸素的內容。「期待與您相見」這句話已經成為固定的結尾詞，儘管如此，我看到時還是非常開心，整個人輕飄飄。

而且還能知道邊境伯爵領地的生活，我完全沉迷於通信無法自拔。

「艾曼，妳又在看邊境伯爵大人寄來的信嗎？」

正當我在可以清楚觀賞庭院美景的宅邸沙龍，笑著看邊境伯爵大人寄來的信時，路過的母親突然用吃驚的聲音對我說了這句話。

我對直接在對面的沙發落座的母親露出微笑。

「是的，母親。我喜歡邊境伯爵大人寫的字，不管看多少遍都不會膩。他的筆跡是如此彬彬有禮、優美大氣……如果收到他用這個字寫的情書，我也許會高興到長出翅膀飛到邊境伯爵領地。」

哈啊……當我嘆著氣撫摸他的筆跡時，母親不知為何疲憊地嘆了一口氣。

「真令人吃驚，妳怎麼能夠對那像只是附帶問候語，一點都不有趣的報告書如此痴迷啊……如果我像艾曼一樣發送了如此熱烈的情書，卻得到這樣的回信，早就氣到不再通信了。」

「沒辦法呢，正因為對象是邊境伯爵大人我才想結婚，但對邊境伯爵大人來說，只要是魔力高強的女性，無論是誰都可以吧。」

聽到我說的話，母親不滿地鼓起臉頰。

「不過請看一下這裡，最近還有像這樣關心我的內容喔！」

我一邊說著，一邊將最新那封信上寫的內容攤開放在母親眼前，她大概看了之後，歪著頭。

「……『為了保護艾曼紐大小姐的人身安全，近期內想派幾位騎士過去』？……就我來看，這些話與其說是擔心住在遠方的未婚妻，更像是在說：『別想逃跑，近日內我會派人去監視妳。』」

母親不高興地表示，但我並不這麼認為。

如果邊境伯爵大人對我有如此執著的感情，反而會非常開心。

「才不是呢！好像有謠言傳到邊境伯爵領地，說有寵兒大人過激派會做出危險的事情，所以他非常擔心。證據就是他似乎打算派精銳部隊過來，父親看到預定要來的名單還喃喃自語地說：『戰力過剩……』呢！」

「嗯？我們應該有控制好國內的輿論啊……還沒有傳到那邊嗎？最近收到的報告是連街上的人民也開始同情艾曼了……」

母親疑惑地歪頭，用手撐著下巴，內心輕飄飄的我則興奮地繼續說：

「不管怎麼說，光從這點來看，他肯定很重視我。雖然信裡的內容給人有點冷淡的印象，但每天都會收到為我精心挑選的禮物。」

「……是沒錯。送了這麼多適合艾曼的禮物，真的是值得稱讚的財力。」

「母親真是的……」

我苦笑一下，母親便一臉悶悶不樂地轉移視線。

母親每天就像這樣，想盡辦法對魯斯大人挑三揀四，對興奮的我潑冷水。

不過，對於被認為是最大問題——魯斯大人的外表，母親卻從來沒有貶低過。

母親的品味可能跟我非常相似。

她每天都義正嚴詞地表示：「男人看的不是外貌，而是財富和包容力！」但是我知道，她有時會陶醉地看著父親英俊的臉龐。從這個世界的審美觀來說，母親與一般人並不相同。總之她似乎想要保密，所以我並沒有挑明地確認過。

因此，對於除了顏色以外，整體外貌都很完美，其他條件也無可挑剔的魯斯大人，母親應該會給予好的評價吧。大概，一定，希望如此。

「艾曼啊……妳在外面可千萬不能露出那麼幸福的表情喔？」

聽到母親突然用略帶驚恐的聲音說出這句話後，我意識到，原來問題不在於魯斯大人，而是我太過開心。

好吧，說得也是，神殿和貴族議會是抱著要懲罰我的心情，才會支持我和魯斯大人的婚約。如果讓他們知道我其實這麼快樂，肯定不會有好結果。

察覺到這點後，我試圖尷尬地轉移視線，但母親一——直盯著我，最後只能死心開口：

「我、我知道了。在外面會好好控制臉部表情。不過……我也不想因為表情太過嚴肅，讓魯斯大人覺得我對這樁婚事不滿意。咦，奇怪，我、我到底該用什麼表情嫁去那裡比較好……？」

兩個半月後離開這個家時，我應該擺出什麼樣的表情？

仔細想想，根本毫無頭緒。

我哀求地看著母親，母親微微歪著頭，悠閒地回答：

「嗯～我想想。等到了邊境伯爵家後，和那裡的人打招呼時再露出笑容就好了吧？我們計劃沿途會去各處打招呼，桑托里納家的騎士也會同行吧？不知道有誰會在哪裡盯著，或是說些什麼。最好一路上都保持莊重嚴肅、溫順的樣子。」

「莊重嚴肅啊……」

邊境伯爵領地距離這裡非常遙遠，如果只有我一個人，能夠直接飛過去。但要帶一位侍女過去，還要搬運各種物品，所以預計搭乘一週的馬車。

我內心是如此快樂，真的能夠一直維持嚴肅的氛圍嗎？

看到我沉思的樣子，母親深深地嘆了一口氣。

「艾曼，如果妳在外面也像現在一樣笑得像朵花，別人會認為『那個壞女人，這次又想做什麼』，那目前為止得到的同情都會毀於一旦喔。」

「真是困擾啊……」

「如果不夠謹慎，讓寵兒大人過激派發現自己的如意算盤被打壞，可能會在妳的婚禮上丟臭雞蛋也說不定喔。」

「嗚嗚……如果丟到站在我身邊的魯斯大人，我一定會很生氣……」

當我終於冷靜下來，或者說是灰頭土臉地承認母親那些話後，母親只是高傲地點點頭，宛如在說：「妳知道就好。」

我不在乎別人怎麼說我，不過作為邊境伯爵夫人的名聲，也會對我的丈夫——魯斯大人產生很大的影響。

即便事實完全不是那樣，但我們公爵家正在努力宣傳「艾曼紐公爵千金為了國家接受一切的不公」、「艾曼紐公爵千金對於殘酷的命運並不悲觀，她下定決心盡自己的本分」。最好不要做出脫離這個「艾曼紐公爵千金」形象的事情。

至少在不知道有誰的眼睛正在盯著的地方或場合，一定要謹慎小心。

「而且妳想啊，戀愛時追求的那方更有樂趣喔，稍微裝模作樣一下，相信邊境伯爵大人也會燃起熱情的。」

母親像是要轉換氣氛一樣，用既了不起又可愛的聲音說出這句話，我的耳朵和注意力完全被她掌握在手中。

「那、那是……母親的經驗談嗎？至今您還被譽為是社交界之花，聽說單身時期非常受歡迎，甚至還有人為了您展開決鬥……」

我吞了吞口水，清一清嗓子問道，母親便露出得意的微笑。

「嗯~我不清楚呢，到底是怎麼樣呢？不過，通常除非有很多對手或是對方不完全屬於我，否則不會要想盡辦法早點得到手，妳不這麼認為嗎？」

咯咯笑地說出這句話的母親，的確是「美貌豔麗的公爵夫人」。

這、這就是，以其美貌（頭髮）為武器從伯爵家嫁到高貴的公爵家，即便二十五年來生了兩男一女（我有哥哥和弟弟），丈夫的愛不僅沒有絲毫減少，還一天比一天熱烈的女人所擁有的威嚴……！

……我、我要不要也稍微裝模作樣一下？

畢竟也從母親那裡遺傳了一頭黑髮，在這個世界簡直就是超級美女。

訂婚也是對方先提的。

母親似乎看出我的內心已經完全傾向於「莊重嚴肅」，噗哧一笑地問道：

「我從來沒看過妳為了保持『符合公爵千金舉止』而如此煩惱。艾曼，妳為什麼那麼喜歡邊境伯爵大人呢？」

作為前現代人的我，正因為是前現代人，在這個貴族制度還存在的世界，我可以說是費盡心思，讓自己的行為舉止符合一個公爵千金該有的樣子。

這麼說來，這可能也是母親第一次來對我說教和說服我。

「就算問為什麼……那個……」

與母親談論戀愛話題讓我感到不自在，我回得支支吾吾。

「喜歡他哪一點？什麼時候開始喜歡的？喜歡的契機呢？能不能只告訴媽媽？拜託嘛～」

然而，母親完全沒有要放過我的意思，直接問了一連串的問題，並用閃閃發亮的眼神看著我。

「就算問我喜歡哪一點……就是不知不覺間，因為喜歡上了才喜歡？我覺得應該是這樣……」

從前世的標準來看，魯斯大人根本是世界最帥，所以我幾乎是一見鍾情。這種話根本無法說出口，不如說，如果說了，搞不好會被懷疑是不是精神有問題。

我試著說得很含糊，但母親一副不滿意地鼓起腮幫子。

「我知道一但喜歡上一個人，連其他的部分也會視為是他的優點，也會愈來愈喜歡那個人。可是契機呢？墜入愛河的瞬間？總會遇到這一刻吧？」

「不，那個……」

所以說很難說明那個契機啊！如果是品味跟我相似的母親，應該可以說吧……？

我一邊苦惱一邊抵抗，試圖用模稜兩可的話來蒙混過關。

「那個……雖然無法說明，但就是覺得喜歡上他這樣。之前不是有一個用腳踝選妃的國王陛下嗎？與髮色無關，就是喜歡上那個人，所以硬要說這個人的腳踝比誰都漂亮不是嗎……？」

「據說那位陛下在選妃的時候，是讓候選人全部一起站在特製的平台上，在只看到腳踝的狀態下進行嚴格的挑選。儘管要仔細看腳踝，但也絕對不能讓王族趴在地上。而且對女性來說，露出腳踝並不是件舒服的事，因此允許穿著鞋子，不過讓未婚小姐露出腳踝以上的部分也不妥當。根據官方紀錄，當時可是辛苦地搭建了一個平台喔。」

腳踝陛下真是罪孽深重。

偉大的先人竟然如此莫名其妙，也太讓我為難了吧！

好吧，我相信他一定是從能夠成為王妃候補的貴族千金中挑出人選，所以就算用腳踝來挑選也沒問題……

「……難道艾曼也是因為那種特殊的愛好，才喜歡上邊境伯爵大人嗎……？是哪個部分？眼睛的大小？還是鼻子的高度……？」

喔，意外地答對了！

不愧是當了我十八年母親的人，得出了相當正確的答案。但母親同時也是在這個世界生活四十多年的人，所以她是用「應該不可能吧……」無法置信的表情說出這句話。

嗚嗚嗚，果然還是不行嗎？母親喜歡父親的臉，是因為「喜歡上後連其他的部分也會視為是他的優點」嗎？

……沒辦法了，雖然不太想說，然而現在不是害羞的時候。

「……您還記得大約半年前，學院後山湧出大量魔獸的事情吧？」

我下定決心，向母親說出初次遇見魯斯大人那天的記憶。

基本上我對魯斯大人是一見鍾情，但在當時的情況下，無論魯斯大人長相如何，我都會情不自禁地愛上他吧。相信這足以說服母親，所以將那天發生的事娓娓道來──

德爾菲尼姆魔法學院。

這是上演冠以王室之名的女神的寵兒蒂魯娜和王太子殿下的愛情故事，也就是假定女性向遊戲的舞台，同時是我不久前還在就讀的學校。

根據個別情況多少有點差異，不過基本上這個學院聚集了全國各地十五到十八歲來學習魔法的學生。這間學院在半年前，迎來創立以來的首次危機。

近年來，隨著守護龍大人的力量逐漸衰弱，魔獸在全國各地愈來愈活躍。在這樣的情況下，魔獸開始氾濫成災，到處肆虐。

終於在某一天，雖然只是邊緣中的邊緣，守護龍大人的住處——位於王都的魔法學院，其後山湧現大量的魔獸。

如果不具備卓越的能力資質就無法入學的學院學生，儘管那是未來的事，姑且也算是菁英齊聚一堂。我們強烈地想守護自己的學院。

菜鳥學生們決心不惜一切代價阻止危機，守護王都……儘管如此——

學生中有王太子殿下，也有許多像我這種高階貴族的子女，最重要的是，學院前方就是王都。

理所當然地，援軍來了。

我們師生齊心協力展開結界，將魔獸封印在山裡，但不可能永遠封印魔獸。在預計封印只能維持一週的情況下，我們做好迎擊的準備。在這段期間，來自全國各地熟悉對付魔獸的專家聚集在一起，與我們合力對抗魔獸。

嗯～？怎麼有一個帥到發光的騎士？什麼啊！這也太帥了吧？是在開玩笑嗎？

在迎接專家們到學院時，看到站在隊伍最前方的魯斯大人，那一瞬間，我就對外貌完全符合我個人喜好的他冒出這些謎之憤怒的感想。

長年為了努力維持公爵千金的形象，培養出了假面具，但這張面具只是面對走在路上的魯斯大人就開始破裂，我靜靜地尖叫。

「呀～！好帥～！腳也太長！是幾頭身啊？哇！臉也長得好好看！可不可以跟我握個手～！」拚命地忍住想大喊這些話的衝動。

「長得真難看……」

「喂，那個不是沒顏色的魯斯・桑托里納邊境伯爵嗎？他是個無法使用魔法的廢物吧？為什麼會出現在這裡……」

「他的實力受到肯定，而且也確實很擅長與魔獸戰鬥……不過，真希望他們可以考慮一下士氣。」

然而，周圍除了我以外的其他學生，他們吵鬧地說出與我的內心感受背道而馳的意見，我非常震驚。

咦咦咦！

他怎麼會難看……啊，是因為頭髮和眼睛是銀色？因為是淺色？這有什麼關係？

說是沒辦法使用魔法，這裡可是學院，聚集超多可以使用魔法的人耶！應該要平衡一下，不需要再來更多魔法師了吧？

那位步履穩健，看起來就是經過刻苦的訓練，最重要的是桑托里納邊境伯爵可是被譽為實力頂尖的劍士，廢物反而指的是你們這些菜鳥吧？

話說回來，大家對前來幫忙的邊境伯爵大人竟然如此無禮……

我對學院同學的行為感到不寒而慄，於是眼神銳利地環視了一下菜鳥們後，走向魯斯大人並開口向他搭話。

畢竟作為學院最高年級的三年級生，同時也是王太子未婚妻的公爵千金，我肯定算是負責人或至少是半個負責人吧？啊，應該帶他們去見真正的負責人王太子殿下。

這些都是我邊走邊想到的藉口，只是想和那個從出生到這個世界後，第一次覺得帥到無法無天的人，也就是魯斯大人親近一點。

「感謝各位的到來，我是德爾菲尼姆魔法學院三年級生，貝特利公爵家的長女——艾曼紐。」

如此說道的我輕輕地行了屈膝禮，露出微笑，但不知為何魯斯大人整個人僵住。

……

魯斯大人就這樣一句話都沒說，也沒有自我介紹，我的背後開始冒冷汗。

明明禮儀課我總是得滿分，老師還稱讚我屈膝禮和微笑都做得很完美。難道我給人的印象不好嗎？是不是在不知情的情況下做了什麼不該做的事？

在感到如此不安的瞬間，站在魯斯大人身後的壯年騎士拍了一下他的背後。魯斯大人突然整張臉漲紅，驚慌失措地開口：

「……唔！失禮了，那個……不對，事情有點出乎我的意料，看著您不小心出神了……啊！您聽到這個應該覺得很不舒服吧！那個，我的位階比貝特利公爵千金低很多，所以您不用這麼客氣……啊！失禮了！我是桑托里納邊境伯爵魯斯！」

看著陷入慌亂的魯斯大人，我不自覺地笑出聲，這也是沒辦法的事。

「呵呵，桑托里納邊境伯爵大人才是，不用這麼不安。我的父親確實是公爵，但現在的我還是個菜鳥，只是學院裡的學生罷了。在與魔獸的戰鬥中，我們學院的學生應該聽從您的指示，所以對您盡到禮節，表示尊敬。」

我呵呵笑地回了這些話後，魯斯大人突然一臉嚴肅。

「……您是女神嗎？」

魯斯大人小聲地說出這句話，我不明白這是什麼意思。

？？？

我微微歪頭，帶著總之一笑置之的想法露出微笑。魯斯大人刻意地咳了兩聲，清清喉嚨。

「請原諒我的無理，不習慣這麼近距離與年輕的女性接觸，更何況是這麼漂亮的人對著我露出微笑，因此感到有點慌亂。那個，貝特利公爵千金，我可以先確認目前的情況嗎？」

「當然沒問題，請跟我來。哦，還有，您可以直接稱呼我為艾曼紐。無論我的家族地位，希望您可以把我當作您麾下的魔法師。」

聽到「漂亮的人」這句話的評價後，我帶著興奮的心情笑著說道。

其實我說謊了。

麾下是剛剛想到的理由，其實只是想和魯斯大人更親近。

對於我死皮賴臉要求直呼名字，想快速拉近距離的話語，魯斯大人紅著臉，一臉不知道該怎麼辦地皺眉笑了笑，看來他確實不太習慣應對女性。

嗚！帥哥害羞的笑容也太有殺傷力了！根本就是帥氣兼可愛的頂極奢侈組合……！

糟糕，感覺要喜歡上他了……！

畢竟有婚約在身，我必須壓抑這股即將流露出來的感嘆和擔憂，沒有說出口。

我向魯斯大人說明了出現的魔獸種類和規模、主要的學生和教職員能夠以及不能夠做什麼、學院裡有哪一區塊預定為戰鬥區域、學院配置的設備、備品等其他各種事情，順便稍微閒聊一下。

帶著一群人前往位於群體後方德爾菲尼姆王太子殿下所在的位置時，我和魯斯大人的對話主要是以問答的方式進行，說了各式各樣的話題。

看著愈看愈養眼的魯斯大人感到大飽眼福，而且還得到可以稱呼他為「魯斯大人」的許可，我一路上都非常愉悅。

也許我沿路上一直都露出笑嘻嘻的樣子。儘管想盡辦法努力保持淡然的笑容，讓大家不知道公爵千金的心情究竟如何，但不確定自己是否有成功。

反正這也是在看到王太子殿下＝我的未婚夫前的事情了。

……蒂魯娜，希望妳就這樣走向攻略王太子殿下的路線。

目前他們兩個一直勉強保持著知心好友的距離。然而作為阻擋在兩人之間，推測是反派千金的我，切身地感受到他們正在暗中互相吸引。

如果殿下能夠解除和我的婚約，我就能盡情地追求魯斯大人了。

在我逃避現實時，強迫我回到現實的是，魯斯大人和殿下之間的對話有了結論。

魯斯大人他們習慣與魔獸戰鬥，而且擅長近戰攻擊，所以安排在前方。我們學院的學生雖然現在只是一群菜鳥，需要慢慢來，但只要給足時間就能放出威力強大的魔法，因此安排在後方。在決定戰鬥位置後，我們立即開始行動。

與魔獸開戰後過了一段時間，得益於前線能力高強，我們成功穩定減少魔獸數量。

不過，由於我是高階貴族的女兒，魔力又很充沛，即便距離很遠也能夠成功施放魔法，被安排在相當後方的位置。

說實話，根本看不清楚，好想看！

好想親眼看到魯斯大人活躍的表現。

而且後方不太有魔獸過來，氣氛也比較鬆懈。

隨著戰況的進行，隊伍開始瓦解，不時出現因魔力耗盡或疲勞而退到後方的學生。

在這樣的情況下，我彷彿受到魯斯大人在戰場上格外顯眼的銀色光輝所吸引，慢慢地往前，之後才發現自己太過靠前。

魔獸的姿態大多都像奔馳在地上的野獸，但偶爾也會出現例外。

例如，當魔獸傾巢而出時，可能會出現飛翔在空中的龍。

我充分地發揮豐沛的魔力，不斷發射上級魔法，從魔獸群的角度來看，我應該算是相當礙事的角色。

是想要摧毀我這個敵人的主砲，還是想要為被我殺死的眾多同伴報一箭之仇呢？

包括我在內的學生不斷地向位於正面的魔獸群施放魔法，牠卻繞過正面突然迴轉，飛翔在空中。

那隻飛龍作為龍，體型並不大，但牠依然帶著最強種族擁有的壓迫感，氣勢洶洶地在空中飛翔，並直直盯著我，從側面飛過來。

啊，這個……

要死……

「艾曼大人啊啊啊啊！」

「艾曼紐大小姐……！」

蒂魯娜和殿下的聲音同時從遠處傳來。

我因即將死亡的預感而筋疲力竭，癱倒在地上，緊閉雙眼。

在這一瞬間聽見「喀鏘」的聲響，是堅硬的東西碰撞的聲音。

不……痛……

我……還沒……死嗎？

「艾曼紐大小姐，您沒事吧？」

我慢慢地睜開眼，在眼前的是氣喘吁吁的魯斯大人，背對我的他一邊詢問一邊用劍擋住直直朝我襲來的飛龍利爪。

這時候只能點點頭，他確認我沒事後，用劍將勉強抗衡的飛龍推出去。

「……不過是隻會飛的蜥蜴，少在那邊得意忘形！」

魯斯對在半空中失去平衡的飛龍大喊，接著毫不猶豫地用劍劈開牠的肚子。

……哎呀，意外地狂野。

雖然是這麼想的，但想到剛才看到我的笑容就驚慌失措，顯得相當單純的那個人表現出這意外的一面，我的內心相當激動。

魯斯大人確認掉落到地面的飛龍已經死亡後，將手中的劍收回劍鞘中，立即回過頭看著我。

「您有沒有受傷呢……？」

怦咚怦咚！

低聲詢問我的聲音既甜美又溫柔，完全傳達出了擔心我的心情，與剛才狂野可靠的樣子差別之大，讓我的心再次狂跳。

「多虧了魯斯大人，我完全沒有受傷。對不起，太靠近前方了。」

我深深低下頭，反省地說道。

「請抬起頭來，您並沒有錯，多虧您在這個位置，我才能及時趕到。」

聽到這句話，我慢慢地抬起頭，魯斯大人像是打從心底鬆了一口氣，露出笑容。

「幸好您沒事，但臉色不太好，最好先到後方休息一下。看來現在已經沒有會飛行的敵人了。您站得起來嗎？」

我是很想聽魯斯大人的話。

無奈剛剛已經嘗試好幾次想要站起來，卻根本站不起來。

「那個……我的腳……沒有力氣。」

當我直接說出這個可悲的事實後，魯斯大人暫時露出思考的表情。

「……有沒有其他人……啊，看來不行…………您可能會覺得不適，但這是緊急情況，請原諒我的無理。」

他左右看了看，確認周圍的情況後說出這句話。接著輕巧地將手伸到我的膝蓋下方和背後，把我抱起來……我！被魯斯大人！公主抱了啊！

天啊啊啊啊啊啊啊！

突然抬高的視野中，那張美麗的臉孔直逼眼前，整個人貼在那個我憧憬的人所擁有的健壯身軀上——差點要瘋了！

「魯魯、魯斯大人！我、我很重！」

我著急地想抗議，但魯斯大人似乎沒有感覺到重量般的邁著穩健的步伐前進，並微微一笑。

「貝特利公爵千金就跟羽毛一樣輕盈喔！」

即使是羽毛，只要大量蒐集也可以跟成人女性一樣重吧！

不對！這不是重點！

「剛剛您明明就叫我『艾曼紐大小姐』，現在這樣也太冷漠了吧！若是可以，請直接稱呼我為艾曼！」

啊，不對！我不是要說這個！

快要瘋掉了！不如說已經陷入瘋狂中，所以才會直接按照欲望高喊。

「……唔！我都已經做好您罵我『好噁心，快放我下來』的覺悟了，結果您卻紅著臉說那麼可愛的話……」

苦惱地說出這句話的魯斯大人，他的臉頰紅得像是被我傳染一樣。

「怎麼會，我沒有覺得噁心，只是覺得……有點害羞而已。我反倒……被魯斯大人健壯的身體……迷住……」

太過於害羞，所以我愈說愈小聲，但還是把這件事告訴他。

因為不想讓他覺得，他親切地對待我，我的反應卻是那麼令人難過。

聽到我鼓起勇氣說出口的話，魯斯大人好像在強忍什麼似的顫抖。他看著在懷裡的我開口：

「請別太戲弄我……艾曼紐大小姐。」

太讓人心動了吧！

帥哥鬧彆扭般的害羞表情，太寶貴了！

而且他只是叫了我的名字，就讓我覺得自己的名字很棒！

在我想要這麼喊出來時，視野不知為何染成粉紅色，那是因為那一瞬間，我已經無可奈何地愛上魯斯大人……

才怪。

其實似乎是在魯斯大人背後的蒂魯娜散發出粉紅色的光芒。

後來我才知道，在那不久前的瞬間，以為我快要死掉的蒂魯娜和佛魯納多王太子殿下，同時強烈許願「想拯救我們」。

蒂魯娜作為「女神的寵兒」覺醒，聽見女神的聲音並與王太子殿下一起受到祝福。

沒錯，那天是蒂魯娜首次作為寵兒大人覺醒。

蒂魯娜覺醒後相當活躍，在無人傷亡的情況下，解決了這次魔獸氾濫的事件。

之後的半年裡，蒂魯娜和王太子殿下一起活躍在各地並隨之成長。從「難道是寵兒大人嗎？」到「果然是寵兒大人！」最後經過復活守護龍大人事件之後，已經被公認為

「您就是寵兒大人！」

「……原來在寵兒大人開始活躍的那天，發生了這樣的事情。」

我向母親闡述整個經過，只有隱藏對魯斯大人外貌的稱讚。母親聽完後讚許地點點頭，並說了這句話。

「也就是說，妳喜歡上魯斯大人的契機是他救了妳一命。還有受他符合邊境伯爵的強健與單純這樣的對比所吸引對吧……？」

母親做完總結後，似乎還有哪裡無法理解般的歪著頭。

嗯，畢竟不能直接說，這整起事件的前提是我一開始就已經被他的外貌迷住，所以我的言行中當然有不自然的地方。

「算了，感覺好像知道又好像不知道妳是怎麼喜歡上他的。總之我已經很～清楚艾曼真的非常喜歡他。」

母親笑著如此說道，她的笑臉像是鬆了一口氣般放鬆。

難道連母親都覺得「我其實是在忍耐，卻想表現出開朗有朝氣的樣子」，所以在擔心我嗎……？

在得到家人的理解後，以與魯斯大人通信為中心的家裡蹲，或者說閉門反省生活，過得既平靜又安逸。

五月某天下午，因為下週就解除閉門思過的懲罰，我想著差不多該認真準備出發旅行&出嫁時——

結果來了意想不到的客人。

「艾曼大人！」

在進入我家接待室後，還沒來得及打招呼，女神的寵兒——假定女主角蒂魯娜就緊緊抱住我。

站在她後面的佛魯納多王太子殿下什麼話都沒說，一臉哀愁。

這是我們自反派千金的定罪環節（？）後首次見面。

……反正是朋友私下見面的非正式場合，不需要做正式的問候。

更何況她是現在地位比任何人都高的蒂魯娜。

「好久不見，佛魯納多王太子殿下，蒂魯娜大……蒂魯娜。」

正要叫蒂魯娜大人的瞬間，蒂魯娜用既可愛又悶悶不樂的表情瞪著我，只好做了相當隨意的問候，接著默默地把她從我身上拉開。

「好久不見，艾曼大人。對不起，本來想早點過來的，但每天都塞滿各種行程，像是辦什麼手續、做訓練、受教育、去向其他人問候……」

我悄悄地避開蒂魯娜，接著殿下輕輕地將她拉回身邊後，她就愈說愈垂頭喪氣。

「辛苦了，妳真的很努力，在如此繁忙的行程中還撥空來看我，我很開心喔！」

如此說道的我就像以往在學院一樣摸摸她的頭，蒂魯娜開心地笑了，但王太子殿下的憂愁卻增加了。

真是讓人左右為難啊……算了，別管殿下吧。

「總之先坐下來吧……咦，蒂魯娜要坐這裡？……嗯，好吧，我是不介意……」

當身為主人的我催促客人入座時，蒂魯娜默默地走近，不知為何形成我和蒂魯娜一起坐在雙人沙發上，殿下則是一個人坐在旁邊與雙人沙發呈九十度擺放的單人沙發上。

……明明希望他們兩個並排坐在我對面。

難道是顧慮到我身為殿下前未婚妻的身分，不想在我面前太過親暱嗎？

蒂魯娜一臉笑咪咪地心情很好，殿下看起來則是陷入無止境的哀愁中，真希望他們饒了我。

「那個，所以今天來找我有什麼事呢？妳在信上說想展現新的能力給我看……」

我抱持著想改變氛圍的心情，嘗試開口提問。

蒂魯娜臉上一亮，笑著回答：

「啊，沒錯，就是這件事！我學會新魔法了！想說在艾曼大人出發離開前，絕對要對您施展……」

「哎呀，是什麼厲害的魔法？既然是和佛魯納多殿下一起過來，難道是寵兒大人的魔法……？」

「呵呵～！不愧是艾曼大人，您猜得沒錯唷！這個魔法是不久前，女神大人出現在夢裡教我的！我就覺得應該在您出發前施展……」

蒂魯娜說這句話時，很快地和完全被排除在外的王太子殿下對視了一眼。

「妳知道作為寵兒的蒂魯娜和附帶的我，從女神大人得到各種祝福的效果吧？這個魔法就像那個的簡化版。」

聽到殿下的話後我輕輕地點頭。

我知道，女神的祝福就是那個各種異常狀態無效、攻擊無效的無敵狀態。

所以即便世界滅亡，他們兩個也會活下來。這兩個人慢慢地站起來，手牽手站在我前方。

「儘管是簡化版，但要把那個……用在我身上……？」

老實說，這讓我不勝惶恐。

「因為艾曼大人是我們的恩人！」

「給妳添了很多麻煩，至少讓我們做這點事。」

「非、非常感激……」

他們兩人說的話和笑容帶著堅持，我只好表示感謝。

「準備好了嗎？」

「嗯。」

「那就開始嘍！」

簡短地相互確認後，殿下和蒂魯娜維持著牽手的姿勢開始祈禱。

「獻給我們珍貴的朋友，艾曼紐。」

「獻給我們珍愛的恩人，艾曼紐。」

「女神大人的加護和祝福……」

他們異口同聲地祈禱完成的瞬間，蒂魯娜發出的粉紅色光芒籠罩在我的身上。

輕柔溫暖，好像帶點清涼的香氣。

那令人舒適的光芒滲入我的皮膚，消失不見。

「怎麼樣？怎麼樣？我剛剛是不是很有寵兒的樣子？」

我目不轉睛地盯著消失的光芒時，蒂魯娜不知不覺間又坐在我身旁，她帶著得意的表情如此詢問。

現在從她身上感覺不到剛剛的威嚴，所以我很想像在學院一樣，隨意的對待她。

不過施法時的蒂魯娜給人的感覺確實很神祕。

「真的很漂亮，非常感謝您們。」

在我鞠躬行禮後，蒂魯娜鼓起腮幫子。

「不要對我說敬語啦！還有比起感謝，我更希望得到稱讚！」

「我們連效果都沒有說明，人家也不好稱讚吧？」

「啊！說得也是！」

在殿下冷靜地指出問題後，蒂魯娜拍了拍手。

「因為剛剛那個魔法，艾曼大人不會立即死掉喔。」

「什麼？那是什麼意思？也太恐怖了吧！」

蒂魯娜的表情無比得意，但效果比我想像的還要驚人，不禁感到害怕。

「蒂魯娜的說明太簡略啦……呃，換我來解釋。艾曼紐大小姐今後在遭遇瀕臨死亡的傷害時，會自動恢復到死前的狀態。」

「果然……是給了我非常厲害的祝福呢……」

聽到王太子殿下的解釋，我依然感到震驚。

這不就是自○重生魔法嗎？儘管這裡本來就是魔法世界，但我從來沒聽說過有如此強大的魔法。

「不～也不盡然，這個魔法的限制還滿多的。首先，如果不是我們打從心底珍愛的對象，魔法無法施展成功。再者，接受魔法的人若是魔力不夠豐沛，即便是事前已經施法，在緊急情況下，魔法也不會發動。對艾曼大人來說，這兩者都不是問題，不過最重要的是，必須有相愛之人的吻。」

蒂魯娜用輕快的語調解釋。

等等，最後好像說了什麼奇怪的條件？

「……要有相愛之人的……吻？」

我問這句話，是想要她說這是騙人的，結果蒂魯娜用一副理所當然的表情，理所當然地點頭。

「沒錯，女神大人說，要恢復到以前的狀態，就必須讓身體沉沉～地入睡。如果沒有相愛之人的吻，就無法從沉睡中醒來。」

「……為什麼？」

「嗯～女神大人說：『復活在沒有相愛之人的世界還有什麼意義。』」

「嗯……這確實符合愛之女神的邏輯……！」

當我如此呻吟時，蒂魯娜呵呵地笑出聲。

這不是自○重生魔法，而是自動○生魔法（女性向遊戲版本）啊……！

「昏迷的時間若是過長，身體當然會逐漸衰弱，所以也要考慮到最糟的情況……以防萬一，最好事先向妳周圍的人告知這件事，蒂魯娜和我也會幫忙解釋。」

我向冷靜地說出這句話的王太子殿下問道：

「那真是太感謝了。然而『相愛』這個部分難度相當高……親情的愛是不是也可以呢……？」

「這點我不太清楚，但既然是接吻，那很有可能這個愛就是指會接吻的關係。不過我覺得最好不要觸發這個魔法。就我個人而言，女神的寵兒大人給予妳特別的祝福這件事，從周圍的人流傳出去變得廣為人知才會有意義。」

「哦，原來是和解的證據……」

原來如此，那真是太感謝了。不死就不會發動的祝福，我不必思考發動後的事情。

重要的是，我已經得到女神的寵兒大人的寬恕，甚至還賜予我祝福這個事實，竟然有應該向周圍宣揚的理由，真的是非常感謝。

「謝謝，蒂魯娜竟然能學會使用這麼棒的魔法，真是太了不起了！」

我向她致以誠摯的感謝，並滿足她想要稱讚的請求，輕輕地摸了摸蒂魯娜的頭。

蒂魯娜滿足地笑了，王太子殿下臉上的表情也放鬆下來。

第三章 前往憧憬之人身邊

在禁足令解除後，終於到了我踏上旅程的當天早上。

貝特利公爵宅邸的大廳裡，響起母親認真的聲音和我同樣認真地複誦的聲音。

「莊重嚴肅！」

「莊重嚴肅！」

「不許傻笑！」

「不許傻笑！」

「擺出的表情要像是『雖然對今後的未來感到不安，但為了國家仍下定決心，滿心自豪的公爵千金』！」

「擺出的表情要像是『雖然對今後的未來感到不安，但為了國家仍下定決心，滿心自豪的公爵千金』！」

那到底是什麼樣的表情啊……

「做不到就保持面無表情！」

「做不到就保持面無表情！」

嗯，如果是這樣，總會有辦法做到的。

我一邊如此心想，一邊持續複誦母親說的話。看著已經和我道別的爸爸、哥哥、弟弟以及我們家的傭人，大家都忍笑忍到發抖。

我懂我懂，假如我不是當事人，也想笑出來。

但是，母親從頭到尾都非常認真……

「最後，媽媽會盡可能把所有的建議都告訴妳，希望妳在踏上旅程時把這些話放在心上。接下來，艾曼，複誦！」從說完這句話開始，母親要說的話真的很多。

其中還有許多是一位母親對於孩子即將獨立感到的擔憂，像是「季節變換時容易感冒，注意穿著要溫暖一點！」、「希望半年能回一次娘家！」等。

也有一些作為公爵夫人，作為一直受到丈夫疼愛的妻子會覺得理所當然的內容。

無論如何，我知道每一句話都是母親對我的擔憂。

所以毫無異議地配合。

即便中間夾雜著讓人覺得問號的內容。

縱使中間夾雜著認真到讓人覺得好笑，老實說有點不太對勁的建議。

我認真地持續複誦這些充滿母親愛意的話。

「……接下來是我最後的最後要說的話。只要妳能夠遵從這一點，就算無視我之前說的話也沒關係。」

母親突然冷靜地說出這句話。

我沒有複誦，而是等待著她接下來要說的話。

「……絕對，無論如何都要幸福！」

「絕、絕對……無論如何都要幸福！」

因為這句突如其來的話，我流下眼淚，但還是勉強複誦完了。

嗯，我一定會幸福的。

我也許是反派千金，也許神殿甚至世人都認為我是欺負寵兒大人的壞女人，不過我絕對會幸福。

因為我是深受母親寵愛，這個美滿家庭的寶貝女兒。

一定會變得幸福給大家看。

「好了，艾曼紐大人，戲演完就趕快上馬車吧。」

侍女冷淡的聲音劃破這個不知道為何有點沉悶的氣氛。

「真是的，竟然說人在演戲，莉璃莉雅真過分！」

「唉，很抱歉，但是馬上要到該出發的時間了，請加緊動作。」

即便身為公爵夫人的母親鼓起腮幫子，她也絲毫不動搖地回答，這位侍女的名字叫做莉璃莉雅。

莉璃莉雅在我六歲，她十歲的時候來到我家工作，現年二十二歲，是有著淺藍色頭髮和眼睛的合法蘿莉。

她的身材和臉蛋都非常小巧，連同長相各方面都像洋娃娃一樣可愛。令人難以置信的是，因為髮色很淺，世人普遍覺得她太醜導致嫁不出去，再加上與生出繼承人的後母不合，遭到原生家庭——某子爵家拋棄，最後受到我家保護。

莉璃莉雅至今身材依然矮小的原因，我推測是因為子爵夫妻並沒有盡到養育子女的責任，甚至欺騙大眾說：「我們家根本沒有莉璃莉雅這個女兒。」所以我用盡全力詛咒他們。

在如此重視頭髮的世界，掉髮或長白髮是相當驚人的事情，不過，我是個擅長闇魔法的少女，我認為自己能夠做到。

結果詛咒應該是成功了，畢竟從那時候到現在為止，社交界沒有人見過子爵夫婦。

莉璃莉雅現在姑且算是我的侍女，但因為這樣的經歷，要說的話，被收養的她在我家受到的養育方式比較像我的姊姊兼玩伴，所以她對我家的人毫無顧忌。

不知道是不是因為小時候遭到忽視的後遺症，與甜美可愛的外表相反，她的個性相當尖銳，一開口就只會說些尖酸刻薄的話。

不過，在我要嫁到遙遠邊境領地時，她卻毫不猶豫地決定跟隨我，真是一位非常善良的孩子。因為一起長大，她相當了解我，我也很喜歡她直言不諱這點，很好理解她在想什麼。

「莉璃莉雅，我的女兒就拜託妳了，如果發生什麼事，就馬上聯絡我。」

「艾曼就拜託了莉璃莉雅，全靠妳了喔！」

受到我父母的囑咐，莉璃莉雅面無表情地點了點頭。

「好好好，如果艾曼紐大人腦裡充滿妄想時，就算要毆打她，我也會設法阻止。即使她現在這個樣子，在見到邊境伯爵大人，腦袋充滿妄想之前，無論是在哪種場合，她的表現都是不會令家族蒙羞的完美千金不是嗎？請不用擔心。」

「確實如此，明明讓她接受的教育，是為了符合未來王妃該有的樣子……但是……最近……真的拜託莉璃莉雅多加關照她了！」

「交給我吧！」

我的侍女和母親真過分！

好吧，既然如此優秀，深受父母信任，什麼事都能夠有條不紊地處理完成的莉璃莉雅會跟著我，應該萬事都不用擔心吧，嗯。

向父母深深一鞠躬的莉璃莉雅抬起頭看到我，張開那張明明是可愛的粉紅色，說出口的話都很尖酸刻薄的嘴。

「那麼，艾曼紐大人別再發呆了，快點出發吧。對了，在出大門前請先收起那副呆樣。」

「抱歉呢，莉璃莉雅，我會小心的。那麼父親、母親、大家……我出發了！」

剛剛那樣與母親複誦注意事項，但表情好像還沒整理好，我繃緊表情，調整好狀態後，鼓起勇氣往外走。

只要踏出這裡，就不知道會有誰正在看著我。

話說回來，這是我睽違三個月除了自家院子，第一次走到外面嗎？

「如果有人膽敢阻撓艾曼紐的幸福，這次我絕對會把那個人除掉。您只要堂堂正正，往前直走獲得幸福即可。」

本來還覺得有點可怕，但背後傳來莉璃莉雅堅定的聲音。

「這是我可以跟著您的戰場，怎麼可能會讓您被打敗？」

聽到莉璃莉雅嗤之以鼻地說出這句話，我挺起胸膛。

她年長我四歲，又是貴族家的大小姐，卻因為缺乏魔力無法和我一起去學院。

母親偷偷地告訴我，在決定我的懲處後，莉璃莉雅流下悔恨的眼淚說：「我什麼都做不到。」

「這次絕對不會再委屈我」的決心和她可靠的話稍微刺激到了我的淚腺，同時再次湧出絕對、無論發生什麼事，我都要幸福的心情。

「莉璃莉雅果然很可愛。」

「您的眼睛是不是瞎了？」

「才不是！莉璃莉雅不管怎麼看，都是我引以為豪的超級可愛的侍女！」

「您是在嘲笑我嗎？雖然個子比您矮，我年紀可是比您大喔。」

她嘆了一口氣回答，但我依然覺得她很可愛，這個傲嬌鬼！

唉唷！不行！我不可以傻笑，腐臭的生雞蛋很可怕的。

由於「要露出嚴肅表情」加上「稍微被刺激到淚腺」加上「絕對、無論發生什麼，我都要幸福的心情」我之後才知道，當時在他人眼中，我是以「雖然對今後的未來感到不安，但為了國家仍下定決心，滿心自豪的公爵千金」的表情離開家裡的。

那到底是什麼樣的表情呢……？

從貝特利公爵家出發後的第六天中午，我即將到達預定的小鎮，這裡已經是桑托里納邊境伯爵領地的範圍。

然而，這裡是邊境伯爵領地的偏遠地區，距離魯斯大人居住的市中心，預計還要再兩天一夜。

「終於……」

聽到我這麼說，搭乘同一輛馬車的莉璃莉雅靜靜地點了點頭。

沒錯，在下一個城鎮，我終於要和莉璃莉雅以外，從貝特利公爵家跟來的所有人道別了。

桑托里納邊境伯爵家那邊會派人來接我，並接手這些人的工作。

「莉璃莉雅，如果想和大家一起回去，這是妳最後的機會喔！」

聽到我再次提出這個問題，莉璃莉雅用著絕對不會用在主人身上，非常銳利的眼神瞪著我，非常不高興地開口：

「您是要我說幾次才能明白？我沒有打算離開艾曼紐大小姐。在您撿到我的那一天那一刻開始，我的命、我這個人就是您的。」

「不、不用說到這個程度吧……」

面對如此強烈的抗議，我害怕地說出這句話，但莉璃莉雅似乎愈來愈不高興。

「什麼？您真的以為救了我的命，事到如今還可以拋棄我嗎？也太天真了吧？再說就算您讓我回去，我也無家可歸。」

「撇除原生家庭，我們家的人都覺得妳也是家人。像母親待在一個女兒都沒有，只有一群男人的家庭裡嘆氣時，就算只有妳一個人回去，她一定也會非常開心……」

「您說得是，我也這麼認為。但是不是其他人，正是夫人將艾曼紐大人託付給我。要回去，只會在您要回去探親的時候，我覺得這樣就足夠了。」

看樣子不管我怎麼說，莉璃莉雅的決心都不會動搖。

嗯~真讓人為難呢。

儘管我很開心她一起來，如果到最後只有我一個人得到幸福，我會很內疚，還會不斷地想說是不是自己妨礙莉璃莉雅獲得幸福……

「莉璃莉雅，我啊，希望莉璃莉雅也能得到幸福。跟我過來真的沒關係嗎？會不會有人留在那裡等……」

「沒有。」

莉璃莉雅直接打斷我的話，我焦急地想著：「怎麼可能？」進一步詢問：

「咦，怎麼會？妳也知道，有人一直努力地靠近莉璃莉雅……」

「沒有那種人。」

「騙人！我不是替其他人從學院寄了很多信和禮物給妳嗎？」

我不禁大喊，這時終於知道我在說誰的莉璃莉雅點了點頭。

「啊……那只是開玩笑吧？我這樣的外貌又與原生家庭斷絕關係，年紀還那麼大，對方不可能是認真的。」

「……才不是那樣……」

「我明白了，但我對那位不感興趣，因為生活的世界差距太大了。」

我知道那個人對莉璃莉雅是認真的，試圖做出無力的反擊，卻直接遭到打斷。

嗯，看來沒有希望了。

抱歉了，卡蘭西亞，看樣子莉璃莉雅會這樣被我收下……

剛剛我們對話中的主角是卡蘭西亞・格拉吉奧斯，他非常喜歡莉璃莉雅，但我只能在心中對他表達由衷的歉意。

他是真心想親近莉璃莉雅。

再加上，如果這個世界真的是女性向遊戲，他也會在攻略對象的男性陣容中吧，畢竟他既是學院的核心人物，各方面條件又很好。

好吧，雖然感覺有點煩悶，但也不是大問題。

而且只是我擅自認為他與冷酷的莉璃莉雅可以達到很好的平衡……沒辦法。

「既然莉璃莉雅對他不感興趣，那就沒辦法了。但如果有一天妳戀愛了，一定要跟我說喔！」

「好好好，知道了。比起那種事，我們已經快要抵達，請做好準備。」

我對著爽快答應我小小請求的莉璃莉雅嘆了一口氣。

她真的知道我在說什麼嗎……

進入小鎮後，我與莉璃莉雅和桑托里納邊境伯爵家派來的騎士一起，徒步前往與對方碰面的地方。

剛剛與我們分別的貝特利公爵家的傭人，應該正在把帶來的行李搬進馬車中。

在這段期間，我們打算在這個小鎮上與對方的傭人代表共進午餐，但是……

……嗯？

總覺得在指定的店門外，似乎有一位不該出現在這裡的人……？

咦？啊，等一下！我還穿著旅行的衣服，完全大意了！

我從遠處就看出身材勻稱、一頭銀髮的那位，不管怎麼想都是魯斯大人本人……？

「艾曼紐大小姐，長途旅程辛苦了，我一直衷心地等待您的到來。」

哇啊啊！也太耀眼了吧！

魯斯大人注意到我們這邊，便輕快地跑過來，帶著爽朗的微笑對我如此說道。魯斯大人的容貌之帥氣和光彩，簡直快閃瞎我的眼睛。

「謝、謝謝您，感謝您來接我……不、不對，魯斯大人本來就預定親自迎接嗎？」

我還穿著旅行的裝扮！太大意了！

就連髮型也沒有完美到可以放心給喜歡的人看到的程度，我混亂到不禁直接大喊。

也不知道該做出什麼樣的表情。

魯斯大人抓住我慌慌張張不知道要放在哪裡的手，溫柔地護送我到店裡，並說道：

「這不是原本計劃好的……但是我想向您表達服從之意。」

？？？

我不懂他用靦腆的笑容說的這句話是什麼意思。

服從？什麼？

服從之意？不可能吧！

「那、那個，那是什麼意思……」

「詳細等我們獨處的時候再說比較好。請走這邊。」

魯斯大人沒有回答我的問題，而是直接帶我走進以地方小鎮來說，看起來出奇豪華的餐廳。

店員沒有做出任何阻擋的行為，應該是事先已經疏通好了。

咦？不是，我完全沒有想到會在這種高級餐廳單獨和他談話。

到底是怎麼回事！

是不是我們之間有很大的誤會？

到了二樓最裡面的包廂。不管怎麼想，這都是這家店最高級的包廂，而且魯斯大人讓還在混亂的我坐在裡面最上位的位置。接著他跪在我旁邊，用非常嚴肅的表情開口：

「我拜讀了艾曼紐大小姐所有的來信。我和我家族的侍從一想到您不知道到底吃了多少苦頭，就忍不住流淚。」

「……什麼？」

我寄的信？

那些信不就是一些內心輕飄飄的情書，偶爾來首詩這樣而已嗎？

不對，我會在裡面混入幾首詩，是因為這個國家的標準，才不是因為我太過興高采烈而隨心所欲……好吧，也是有一點關係。

但不管怎麼樣，就算有人嘲笑我，也和眼淚還是苦頭完全沒關係啊！

到底是什麼意思？

「我的劍、領地的士兵、家族的財產、權力與桑托里納邊境伯爵領地的一切都遵從您的意志。讓我一起盛大地報復那些將媲美女神，如此美麗的您趕到這片邊境的人！」

魯斯大人用過分好聽的聲音義正嚴詞地宣布此事，我的時間在剎那間停止。

原來如此，復仇啊～這的確是要避人耳目再談論的話題呢……

……呃，復仇？沒必要耶？

話說回來，我不是被趕來這裡的，而是自願嫁到這裡的喔？

當我因為不知道發生什麼事，全身僵硬時，站在背後的莉璃莉雅，不知為何像是在贊同他一樣開始鼓掌。

「您說得很好，艾曼紐大人不是該落得如此下場的人，我也會盡微薄之力。」

「莉璃莉雅，妳在說什麼呢！我沒有要復仇！也沒有必要！」

我不由自主地大喊，莉璃莉雅嘖了一聲，魯斯大人則是歪著頭。

「……您不復仇嗎？那為什麼會來到這種到處都是騎士、士兵和冒險者，除了戰力什麼都沒有的偏鄉呢？」

什麼啊？是我很奇怪嗎？

魯斯大人露出茫然的表情，用一種打從心底感到奇怪的語氣問我，這讓我的信心蕩然無存，於是回答：

「那個……我是為了和魯斯大人結婚來到這裡的。」

不知道為什麼，魯斯大人的表情突然變得相當黯淡。

「……我是不是還不足以讓您信任到可以講出真心話呢？」

魯斯大人垂頭喪氣地詢問，刺激了我的愧疚感，不過，到底為何要垂頭喪氣啦！

「不對，我說的完全是真心話！單純是為了和魯斯大人結婚才來到這裡的。剛剛您說我『被趕來這裡』，但是沒有任何人趕我。我也可以選擇去國外留學，但是當桑托里納家提議結婚時，我開心地抓住這個機會。」

「那艾曼紐大小姐之所以同意與我結婚，是因為我們家對您有用處對吧……？」

「才不是！我是想和桑托里納家，應該說，我只是想和魯斯大人結婚！您真的有看完我寄的信嗎？」

？？？

我和魯斯大人兩人都滿頭問號，在陷入一種不清楚現況的混亂中，迎來了我們締結婚約後的初次見面。

沒錯，這是締結婚姻後的首次見面，然而完全沒有我事前期待的那種甜蜜氛圍。

這是什麼情況？

到底發生了什麼天大的誤會……？

呃，讓我們來整理一下現況。

要不是我的信在某個地方遭到掉包，就是我在不知情的情況下，使用了當地特有的表達方式，或者與信無關，這裡謠傳的版本是許多關於我遭遇不幸的傳聞，所以被認為我想向王室、蒂魯娜和神殿復仇，應該是這樣吧？

雖然完全不知道造成誤會的原因，總之想要復仇的想法很糟糕，非常的糟糕，這不就是叛國罪嗎！

我完全沒有那種野心，再加上也無意讓魯斯大人捲入危險中。

要先搞清楚原因，儘快消除誤會才行。

「我想想，首先，我和蒂魯娜……女神的寵兒大人其實關係很好。我們就讀同一所學院，彼此互相學習，感情好到可以互稱艾曼大人和蒂魯娜的程度。不久前，她還為即將踏上旅程的我送上特別的祝福。」

從這一點開始解釋，是因為想對魯斯大人說，我無意與最不應該視為對手的人——蒂魯娜為敵。

不過，魯斯大人不高興地皺著眉頭，低聲喃喃自語。

「明明是感情很好的朋友，卻搶走對方的未婚夫還將其趕到邊境……這也太邪惡了吧？難道我們不應該連崇尚這種邪惡的神殿一起乾脆俐落地燒掉嗎？」

「別燒啊！那個，好吧，反正這件事大家都知道，我就直說了。我和佛魯納多王太子殿下原本關係就很冷淡。我們打從一開始就是政治聯姻，而且是從很久以前就熟知彼此的親戚，所以對彼此完全沒有戀愛的感覺。因此，未婚夫被搶走我完全沒有不甘心的感覺，不如說，我完全沒有未婚夫被搶走的感覺。」

魯斯大人的發言太過危險，我拚命地重複強調。太過危險，以至於我差點撕掉長年以來作為偽裝的文靜形象。

「但是，王妃是這個國家女性地位最高的位置，只有艾曼紐大小姐適合這個位置不是嗎？」

對於魯斯大人始終用著嚴肅的表情回答，我不由得露出冷淡的笑容。

「不是的，我會答應這個婚約，是因為當時沒有其他適合的人選。我並不想承擔如此高尚的地位，畢竟地位伴隨責任。社交界都已經如此殺氣騰騰，更何況是王宮，我並不擅長生活在那種環境中……」

我是真的這麼認為，其實很害怕一旦其他人覺得我不適合這個位置，我就會在瞬間被拉下來。

如果像蒂魯娜那樣，光是待在那個位置就有價值，不僅會有許多同盟，地位也會很安穩。

所以真心覺得蒂魯娜選擇了王太子殿下真的是太好了……

在我下意識望向遠方時，魯斯大人點了點頭。

「我自己也不擅長社交……我們這裡離其他地方很遠，而且領主也不太能離開這片領地，基本上不會遇到社交的問題。不過，艾曼紐大小姐很漂亮，應該還是會有不少人想要邀請您。」

很漂亮啊……嗯，是在說髮色。確實在受到閉門思過的處分前，我收到過很多邀請函，說實話很麻煩。

我姑且也算是個魔法師，或許今後可以成為保衛這片土地的人才……？

「如果我想專心保衛這片土地，拒絕那些邀約也無妨吧？」

滿懷期待地提問後，魯斯大人理所當然地點了點頭。

「那是當然的，我們家世世代代都是這樣。」

「那我就那麼做！呵呵呵，可以輕鬆地回絕了呢！」

「那個……我們這裡沒有那麼多有趣的活動，覺得厭倦時，您不用有所顧慮，可以自由出去玩喔。」

當我正因為今後能夠避開自己不擅長的事情而興奮不已時，魯斯大人卻擔心地說出這句話。

「出去玩？是和魯斯大人一起野餐或是遠足嗎？啊！其實我也很憧憬冒險者這個職業！想一起去圍剿有名的魔獸呢！」

我懷著更加激動的心情如此說道，魯斯大人則不知為何像是撲空了一樣，無法保持原本的姿態，並露出打從心底完全不懂的困惑表情。

「咦？什麼？您覺得那樣好玩嗎？不如說，我這種人在您身邊，您應該無法放鬆吧……不過，那個，如果您是將我作為戰力來看，我當然會盡力而為。」

？

嗯嗯嗯？總覺得不太對……？

我和魯斯大人一起歪頭時，身後傳來莉璃莉雅沉重的嘆息聲。

「請由我來解釋，艾曼紐大人擁有與眾不同的品味。也許是因為夾在兄弟之間長大的緣故，雖然出生為千金，卻有著奇怪的平民氣質，或者說意外地野蠻……總之，艾曼紐大人並不那麼喜歡華麗的事物，比起王妃，邊境伯爵夫人更適合她，這點是無庸置疑的事實。」

因為前世是平民，無法完全擺脫那些習慣，但用野蠻來形容不會太過分嗎？

算了。沒錯，我更適合成為邊境伯爵夫人，這點很重要！莉璃莉雅，說得好！

「就、就如同她說的。正因為如此，我對於和殿下解除婚約一事沒什麼想法。能來到這裡反而覺得很棒，所以沒必要復仇。到這裡為止您都理解嗎？」

「我覺得是艾曼紐大小姐太過溫柔……不過也罷，明白您不必復仇的想法了。」

魯斯大人看起來有點勉強，但總算理解了這一點，我鬆了口氣。

太好了！NO叛國罪！和平最重要！

既然現在已經沒有必要復仇——

那為什麼他會從我那些高興到輕飄飄的信中，產生了這麼奇怪的誤會……？

為了找出原因，我小心翼翼地詢問：

「那個……魯斯大人，話說回來，您說已經讀過我寄的每一封信……」

在寫信的時候非常興奮，但當著對方的面確認「您應該有讀過我寄的情書對吧？」也太害羞，我的聲音愈來愈小，臉頰大概也紅成一片。

魯斯大人的臉頰像是在映照我害羞的臉一樣發紅，他輕咳了一聲後開口：

「啊、嗯……那個，我全都讀了，請放心，我沒有產生什麼奇怪的誤會。」

「不對啊！您已經誤會了！剛剛那就是天大的誤會！您是怎麼解讀的才會覺得我需要復仇？」

啊！我的文靜形象離家出走了，一不小心就直接吐槽他。回來吧！我文靜的形象！

我非常著急，但魯斯大人似乎並不在意，他不好意思地紅著臉回答我的問題。

「那個……艾曼紐大小姐的信中不是充滿了詩意和熱情嗎？」

「是的，沒錯，這點我有自覺。」

「那種表達方式，會讓我誤會您對我懷有好感，所以就想到，您肯定是被逼得走投無路……」

…………什麼？

被逼得……走投無路？不對，既不是誤會也不是錯覺，那些信真的是單純想表達我對您滿溢而出的好感耶？

「不是，那個……我認為還包含『您上次送我的東西還不錯』這個意思。不過，從剛才的說明來看，現在想想是否在表示『希望在邊境伯爵領地過著安靜穩定的生活』。只是……因為用了太多過於熱情的表達方式，想說是不是在激勵我『現在情況非常非常艱苦，希望能夠得到幫助，請為了我活用您那讓我稱頌不已的力量』……」

面對發楞的我，魯斯大人以靦腆的笑容繼續解釋。

好可愛！才不是！

這是什麼意思！

咦？到底是什麼意思？

為什麼會解讀成這種含意？難道是當地獨特的文化嗎？

「為、為什麼會用這麼扭曲的讀法！我給人的感覺有那麼高高在上嗎？」

好不容易開口說話的我焦急地詢問，魯斯大人卻不解地歪著頭。

「您問為什麼……因為我很清楚，不會有人喜歡我，更何況是年輕的女性。與其說是高高在上，不如說，艾曼紐大小姐的地位確實比我高！」

他用著爽朗的微笑如此斷言，我感到頭暈目眩。

你、你、你、你這個傢伙！

擁有！那種迷人微笑的人！怎麼可能不被年輕女性喜歡！

去現代的日本看看吧！魯斯大人這種外貌的男人，光站在那裡就會極度受歡迎，像我這種人根本不敢靠近！

啊啊，真是的，我到底要從哪部分開始說明才好？

「啊，非常抱歉！您還沒用午餐，我馬上吩咐他們準備。」

魯斯大人似乎是把我因為憤怒和混亂導致的暈眩誤認為是飢餓，他走出門去下達指示，我甚至沒有力氣阻止，也還沒辦法完全理解整個情況。

我的信被解讀得如此扭曲……？

所以才會派戰鬥力高到過分的騎士過來……

啊～這個前菜好好吃……是什麼慕斯呢……

呃，不對！

像是快速發球般一口接一口將食物放進入嘴裡後，我終於回過神來。

「那個，魯斯大人，我就直說了，我喜歡您。在您從飛龍手中保護我的那天開始，就一直喜歡您，那個瞬間我就愛上您了。」

因為通過信件，才會產生誤會。

我相信這點，並直接對魯斯大人告白，但不知為何，魯斯大人卻用要讓我放心的慈愛眼神微笑。

「不必勉強也沒關係喔，我是艾曼紐大小姐忠心的僕人。即便您沒有像這樣友善對我，我也會執行您下達的任何命令，絕對不會背叛您。」

「我才不是那個意思！為什麼啊？要怎麼說您才會相信我？話說回來，魯斯大人才是，為什麼您感覺那麼尊敬我？」

我一邊喊著，一邊又感覺自己的形象離家出走。

「那當然……是因為我愛艾曼紐大小姐。」

魯斯大人害羞地臉紅，卻很爽快地說出意料之外的發言。

……咦？

這不是兩情相悅嗎？我們彼此相愛啊！現在即使我死了，只要魯斯大人給我一個吻就能復活吧？不對，即便魯斯大人對我沒有愛，僅僅得到他的吻，我也會發揮毅力從地獄深處爬回來。

「……為什麼？」

「說起來有點害羞，我對您一見鍾情，覺得您非常漂亮。實際交談後，發現您就算與沒有顏色的我說話，也能夠不皺眉或哭泣地確實回答必要事項，那股堅韌和責任感，以及從魔獸潮危機中守護人民的決心讓我很感動，現在也愛著您的一切。」

我是想問為什麼我們明明兩情相悅，他卻固執地不相信我的想法。結果他只是不好意思地撓了撓臉，回答為什麼會愛上我。

雖然他對我的評價有點偏差，不過很可愛。我的愛更勝於他就是了。

但他似乎不相信我的愛。儘管是兩情相悅，卻離終點很遠，這個情況到底該怎麼才好呢？

「請恕我無禮打斷您們的談話。首先艾曼紐大人，這個情況要得到信任需要花費相當長的時間喔。」

這時，莉璃莉雅突然說了這句話。

我也是這麼覺得。

她確認我點頭後，接著向魯斯大人行禮。

「接下來，請邊境伯爵大人原諒我的冒昧，允許我說句話。艾曼紐大人的品味是真的很差。對於如此醜陋的我，她也毫不介意地讓我待在身邊。或許您會認為她是注重實力，不過說艾曼紐大人是迷上您的劍也不為過。」

莉、莉璃莉雅……！

先不論她的說話方式，她是如此理解我，這波助攻，讓我不禁要流下感激的淚水。

「原來如此，先前艾曼紐大小姐說對圍剿有名的魔獸很感興趣，我的劍當然也是艾曼紐大小姐的劍，請盡情利用。」

然而，魯斯大人的回答還是像個忠誠的騎士那樣堅定。

不行了，怎麼說都說不通……！我不僅對你的劍感興趣啊……！

連淺色頭髮夥伴說的話都沒有用……！

「您似乎不認為艾曼紐大人會以劍術為契機，迷上邊境伯爵大人。當然了，這應該也很令人難以置信。我跟艾曼紐大人相遇後，也是警惕了三年左右。在這段期間，總有一天您會發現『這傢伙品味好差，這個既漂亮，城府又很深的樣子其實只是表面，她意外地什麼都沒在想，不如說想得不夠周全』。」

如此說道的莉璃莉雅諷刺地笑了一聲，魯斯大人不明白地歪著頭，我則是很沮喪。

原來她是這麼想的啊……而且還警惕我三年之久……

「艾曼紐大人，現在請放棄吧，像我們這樣的人需要時間才會對他人敞開心扉，畢竟至今我也有無數次想關起心扉的時候。要得到信任，必須花費多年的時間。」

莉璃莉雅認真告訴我的這番話，讓我無話可說。

嗯，確實，突然要魯斯大人相信我，他應該也會覺得很為難。

再加上，錯的是這個世界。

不知道是否與魔力量有關，這個世界非常歧視那些被認為是醜陋的人。

我還想乾脆對他們說，我前世生活在與這裡的常識截然不同的世界，但這可能會讓人更難以置信。

必須花費多年的時間得到魯斯大人的信任，才能成為發誓永遠彼此相愛的關係吧。

不過，最近這三個月，對我來說根本是度日如年。

「三年啊……有點太漫長了……」

「這點請您盡力而為。」

莉璃莉雅立刻打斷我的洩氣話，不同以往的是，她像是鼓勵我般露出溫柔的微笑。

今天終於抵達魯斯大人居住的宅邸。

「至少要等到結婚典禮結束，我和魯斯大人才會住在同一間臥室是嗎……？」

在被帶到那個為我準備，明媚的陽光從大窗戶照入，到處都放有可愛、高級家具的房間時，我發愣地喃喃自語。

「是的，這也是貝特利公爵家的要求，我們也能理解這是必要的。畢竟需要一點時間那個……習慣魯斯大人的容貌。」

可惡的爸爸，真是多管閒事……！

聽到剛剛帶我來房間的管家難以啟齒地說這句話時，我差點咂嘴，但還是忍住了。

魯斯大人長得太帥，確實需要時間適應！但是美人雖然三天就能夠適應，卻看不膩啊！啊，難道是指太醜的意思嗎……？這一點我完全沒問題耶……？

「這間臥室的鑰匙只有這兩把，一把在艾曼紐大小姐這裡，另一把是在緊急情況下使用的，要交給值得信任的人……應該是莉璃莉雅小姐吧？總之帶在身上比較好。」

如此說道的魯斯大人交給我兩把鑰匙，在我呆呆地看著這兩把鑰匙時，管家不知怎麼地用嚴肅的表情向我宣布。

「魯斯大人是這棟宅邸的主人，但我們把艾曼紐大人的安全放在首位，絕對不會允許他接近這間房間，請放心住在這裡。」

咦？不對不對不對！

雖然只是簡易的流程，但我們剛剛已經對神宣示，也提交文件給國家，所以我們應該已經正式成為夫妻了吧？

誰會用人身安全為理由，將丈夫趕出妻子的寢室……？

……不對，用人身安全這個詞本身就很奇怪吧！

你是把魯斯大人當作可能會襲擊我的人嗎？你覺得你的主人是這樣的人嗎？

這樣真的沒問題嗎？桑托里納邊境伯爵家！

應該不對吧……！

沒辦法了。

就算別人覺得不體面，我只能主動出擊。

要告訴他們我不討厭，也不覺得和魯斯大人待在一起會傷害到我！

「呃……我當然相信魯斯大人，如果是魯斯大人……那個……無論什麼時候都可以過來……」

如此說道的我快速地將剛剛拿到的其中一把鑰匙還給魯斯大人。

魯斯大人用呆滯的表情接過鑰匙，彷彿看到什麼不可思議的事情般，反覆看了我跟鑰匙五次後終於開口：

「臥室外面，包括窗外都會常駐護衛，我認為室內應該不需要有人守夜……」

「為什麼會變成那樣！……咳咳，失禮了。哪裡會有妻子為了守夜，把丈夫叫到房間裡？」

唉，真是的！我的形象又離家出走了！

儘管覺得說什麼都沒有用，還是想補救一下，於是開口問魯斯大人。

「呃……這裡？畢竟其他事情我也幫不上忙……而且不管您有多不安，都不能對迷戀您的男人說可以進入您的房間喔。」

魯斯大人非常嚴肅地告誡我，我頭好痛。

怎麼？難道闖入魯斯大人的房間夜襲他就可以嗎？

如果這麼做，他就會理解我的真心嗎？

不過，如果因為他鎖門而進不去，那也太丟臉了吧……所以我其實完全沒有想要做這種事……

只能試著說得清楚一點了。

「……不是，所以說，我和魯斯大人不是夫婦嗎？那……您進來房間也沒關係。」

「果然還是去攻打城堡吧！」

就在我害羞到只能忸忸怩怩，委婉地表示時，魯斯大人突然斬釘截鐵地說了一句令人費解的話。

咦？為什麼？

「艾曼紐大小姐，雖然不知道國王是怎麼跟您說的，但對我來說，您的心比什麼都還重要。我無法原諒國家讓艾曼紐大小姐做出如此悲壯的決定。請稍等一下，我們會消滅所有仇視您的人事物……」

「等一下等一下等一——————下！」

我大聲叫住眼中閃爍著危險決心，說出危險的話，並打算付諸行動的魯斯大人，以及默默地跟在他身後的管家。

NO叛國罪！

不對，如果國家本身消失，那就叫做革命了！這也不是重點！

我試圖說服魯斯大人，儘管他停止了危險的言行，但眼裡仍帶著某種可怕的決心。

「您不是已經理解我想要在這裡過著悠閒、和平的生活嗎？我的意思是，那個，只是我……對！繼承者！假如嫁出去好幾年都沒有子嗣，應該會有損顏面吧？而且我不想因此傳出奇怪的傳聞……！」

和王太子殿下有婚約的時候我根本不在意，然而倘若傳出我和魯斯大人感情不好的傳聞，光是如此就能讓我哭出來！

沒錯，這不是能夠隨意帶過的問題！

聽到我說的話後，魯斯大人點了點頭，眼睛內的火花已經冷靜下來，並露出平穩的微笑。

「艾曼紐大小姐果然很有責任感。不過沒關係的，您不用逞強。反正外界一定是和往常一樣只嘲笑我：『就知道桑托里納家是這樣……』再加上我家本來就是比較晚婚，子嗣也不多的家族。當醜陋和美麗的事物並排在一起時，一般人都會認定是醜陋的那方不好，所以艾曼紐大小姐的名聲並不會受到影響。」

什、什麼意思啊！到底什麼意思！

「我會把那些貶低魯斯大人的人揍一頓！話說回來，我們明明已經結婚了，但是您從剛剛開始是什麼意思？一直叫我艾曼紐大小姐、艾曼紐大小姐！明明都結為夫妻了，請別用敬稱！您到底要多藐視自己，還有您到底要跟我保持距離到什麼程度？」

我憤怒到不禁大喊，魯斯大人嚇得抖了一下。

我就這樣瞪著他，他尷尬地垂下眉毛，怯生生地開口：

「呃……若是如此，首先艾曼……紐也應該直呼我的名字。應該說，不用勉強，可以毫無負擔地對待我。就像……這幾次一樣，隨意地說出內心話。」

可惡！結結巴巴地呼喚我的名字，雖然聽了很開心，但是我文靜千金的偽裝已經被發現了……！好吧，還是會被發現嘛！

「就算我露出自己原本的樣子，魯斯大人也不會感到幻滅或是失望嗎？」

「您坦率的樣子也非常可愛，我們希望您可以在這裡悠閒自在地生活。」

明知道是徒勞無益的掙扎，我還是問了，結果他用非常燦爛的笑容回答，真是讓人神魂顛倒。

「那就失禮了……我從今以後不會再顧慮了，魯斯，希望你也可以不用客氣，所以你也不要再說敬……」

「不可以，女神是我尊敬的對象，而且講敬語比較輕鬆。」

我話都還沒說完，他就鄭重其事地直接拒絕，什麼啊！

好吧，你說話比較輕鬆就可以。不對，可以嗎？……算了。

我像是甩掉各種想法一樣深吸一口氣後開口：

「……魯斯，就像莉璃莉雅說的那樣，我既不像個千金，還很野蠻。因此，我不是抱著為了國家這種崇高的想法來到這裡。我待在這裡跟你是什麼顏色沒有關係，單純只是喜歡你，所以希望你拿著那把鑰匙。」

臉好燙，這樣的言行果然不太得體。

不過這也是「人身安全」和「需要時間適應」的根據。我無論如何都想解開「因為魯斯．桑托里納是全國最醜的男人，當然不會有人想和他結婚，並作為夫婦一起生活」的誤解。

不管他們是怎麼想的，這點我一定要堅持！

「但是這把鑰匙不是我這種人應該拿的…………唔！」

我握住魯斯大人打算歸還鑰匙的手，讓鑰匙握在他的手裡。

他瞬間嚇得抖了一下，臉也跟著紅了起來，只是用手觸碰他的手而已，反應就如此激烈，他怎麼可能對我做些有危險的事情。而且彼此彼此，我的臉也非常燙。

「不要說我重要的丈夫是什麼『這種人』。而且說到底，除了我的丈夫外，還有誰應該拿著這把鑰匙？」

「……艾曼紐真正傾心的人？」

「我、我明明已經說了那個人就是你！而且你剛剛說的話聽起來好像在說，我才剛剛嫁人，心裡就有了別人，這樣你也沒關係一樣……」

「是的，因為那也是沒辦法的事情。」

面對我的質問，魯斯大人以黯淡的表情承認。

怎麼會是沒辦法的事啊！

因為政治婚姻就是那樣，可能會有這樣的想法，實際上也有不少人有公開的情人。

但是……但是……！

「我不會原諒你的……」

我用低沉到連自己都震驚的聲音說出這句話，魯斯大人一臉驚訝地抬起頭。

我瞪著那張連困惑的表情都如此漂亮端正的臉，鄭重地警告他。

「我們的婚姻也是因為國家而決定，您可能是為了家族的血統而迎娶我。但是，不管是不是政治策略，夫妻就是夫妻。我只有您，您只有我，希望您能謹記在心。我會把靠近魯斯大人的女人一個一個打飛。」

為了體現出「假定反派千金」的恐嚇語氣，我特意用敬語宣布。雖然我已經成為有夫之婦，不能再自稱為千金了。

總之，我會像世人所說的「連女神的寵兒大人都欺負的壞女人」一樣，澈底消滅所有的情敵。

我帶著這樣的決心凝視著魯斯大人，眼前的他不知為何臉紅了。

「那個……不、不用擔心，我的心和一切都是您的。我是說，因為艾曼紐大、艾曼紐，您是第一位如此靠近我的女性……」

哎呀！經他這麼一說，我在握住魯斯大人拿鑰匙的手、質問他、抬頭瞪著他的過程中，已經完全貼在他身上了，所以他的臉才那麼紅嗎？

「那天你抱起我的時候……也是離得很近吧？」

我歪著頭時，魯斯大人頂著依然漲紅的臉，將視線從我身上移開後回答：

「那是緊急撤離戰場的救援任務。而、而且也是第一次有人願意靠近我……我曾被說：『就算是以財產為目標，也沒辦法把你當作愛情的對象。』還有過因為我沒有顏色而義務性與我跳舞的人，由於我太醜而哭出來或吐出來。」

那是怎麼回事？就算對方再怎麼醜（顏色上），也不應該做出那種事……

對於魯斯大人過於悲傷的過去，我不知道該說什麼才好，他露出柔弱的笑容，接著說道：

「我會真誠地對待艾曼紐，絕不會背叛您。但是根本不可能會有女性主動接近我。據說，就連我的親生母親也被我的醜陋嚇到，一次也沒有抱過我就逃走了……」

很好，這是婆媳戰爭（物理），就算使用魔法，我也要打倒那個傢伙。

終於知道其中一個讓魯斯大人如此傷心的敵人了，我的殺意頓時爆發。

「我想補充一下，方才魯斯大人說的話，意思並不是說他允許外遇，也不是有意侮辱艾曼紐大人。魯斯大人的母親離開這個家時，旁邊還牽著一位情人。我們作為侍從都非常氣憤，然而無論是魯斯大人、前家主，乃至世人都認為『魯斯大人醜到讓人想外遇，沒有辦法』。」

呵呵，真的該來場婆媳戰爭（物理）呢。

管家用平靜的聲音淡淡地告訴我關於魯斯大人母親的事情，我因此殺意滿滿。

魯斯大人對外貌的自卑感已根深蒂固，甚至是心理創傷的程度。

在這樣的情況下，魯斯大人的自尊心肯定無法正常發展，也難怪他不信任他人。

不知道他經歷了多少次受傷與絕望。

在他早已完全放棄的情況下，要怎麼讓他相信我的愛呢？

即便打倒萬惡的根源（魯斯大人的母親），也不值得高興呢。

不對，就算沒意義，但是因為我很生氣，一旦看到，絕對要狠狠揍飛她。

……好吧，我只是再次明白了，就如莉璃莉雅所說的，必須要花時間培養他對我的信任。

要儘早讓他知道，只能簡單明瞭、直截了當又積極地進攻了吧！

我要把我的決心說出來。

「……決定了，我還是要把羞恥心和顧慮統統丟掉。魯斯，從現在起，在你了解我對你的愛之前，我會拋棄千金形象，用盡全力追求你，大肆訴說我的愛。」

「……咦？」

我笑著對有點迷茫的魯斯大人和一臉驚訝的管家宣布：

「做好心理準備。魯斯．桑托里納，我喜歡你，非常喜歡你，我愛你。在你相信之前，我絕對不會放棄！」

總之今天已經將距離拉近到直呼名字的程度，並且（強行）交給他房間的鑰匙了。

但是今後我會進一步縮短我們之間的距離，總有一天，如果可以，希望到九個月後我們的婚禮前，他已經明白我們彼此是兩情相悅。

即便對女性失望，我也會做到讓他們不放棄我。

無論是魯斯大人還是這個家裡的其他人。

我帶著這樣的決心，開啟了在邊境伯爵家的生活。

第四章 新婚生活是開啟了沒錯……？

我來到桑托里納邊境伯爵家已經一週。

目前完全被當作客人對待，簡直到了誇張的地步，老實說很困擾。

也不是在怪誰，畢竟他們非常珍惜我，珍視的程度根本前所未見。

儘管外界認為我是壞女人，大家都盡全力歡迎我這個好不容易才盼來的家主之妻。

房間、衣服、飲食，以及身邊所有的用品都相當奢華，奢侈到連我這個在公爵家長大的人都覺得惶恐。接觸到的人都很親切，生活過得相當舒適。

不過，我很少見到關鍵人物——魯斯大人。可能是他的工作很忙碌的關係，但是我們兩個的生活空間完全隔開，就連吃飯也都是分開吃，他還拒絕我在門前迎接和送行。

明明是這個家的主人，卻悄悄地從後門出入，所以我們根本見不到面。

委婉地向女僕等侍從確認後得知，好像是擔心我「不想看到那麼醜陋的人」，聽說以前的女主人確實是這樣生活的。

嗯，我對於婆媳戰爭（物理）的興致愈來愈高昂了。

這段期間我沒有接到什麼特別的工作，為了迎接即將到來的日子，除了練習魔法還是練習魔法。聽說魯斯大人的母親都是叫商人過來、去劇院或是和情人約會消磨時間。

嗯，看來我不會輸，不！我一定會贏！

離題了。

總之這就是為什麼即使我們已經成為夫婦，如果我不主動去見他，甚至沒有機會拜見魯斯大人的尊顏。

意識到這個事實後，決定積極地靠近他，對他訴說我的愛。

「魯斯早安！我愛你！」

魯斯大人一大早就去鍛鍊，我早上在庭院抓到剛鍛鍊結束的他，對他喊道。

「早、早安，艾曼紐。那個，我身上有汗臭味，您最好不要太靠近。」

滿臉通紅地回答的魯斯大人，今天也很帥！

畢竟鍛鍊剛結束，確實在流汗，但那些汗反而顯得他既清爽又閃閃發光。老實說，我想舔舔看，至少也要讓我保留一點汗水。

不對，我是他的妻子，如果用我的手帕擦一擦這些汗，再悄悄地拿回去，誰會責怪我呢？

「那個！」

可能是我一手拿著手帕一副瞄準獵物的樣子讓魯斯大人產生危機意識，他稍微提高音量說道，並用手制止了我的行動。

他像是要冷靜下來般深呼吸，用依然面紅耳赤的樣子對我說：

「那個……我知道王太子殿下的背叛讓您感到心痛。但是我是您的信奉者，就算您不對我說那些太超過的話，我也絕對不會背叛您。我的意思是，即便知道是謊言，對心臟來說還是太刺激了，反而希望您能饒了我……」

嗯～對於我剛剛說的「我愛你」，他仍舊是這樣的回答，我沒有說謊就是了。

「所以您只要待在那裡就足夠了……啊，艾曼紐今天也美得讓人頭暈目眩。我實現從遠處就能看到您美麗身影的願望，而且現在還能自稱是您的丈夫，僅憑現在的幸福，我什麼都願意做。」

我嘆了一口氣，魯斯大人對我說的這番話沒有半句假話吧。

確實是被我的美貌（頭髮）所吸引，兩情相悅，真是可喜可賀。

只是，他依然不相信我對他的感情。

應該說，包括這裡的全體傭人，所有人都這麼尊敬我，真是讓我的行動難上加難。

現在才發現，所有人對我的評價過高是個問題。

啊！記得今天是魯斯大人的休息日。

「……你說什麼都願意為我做，對吧？」

「是的，讓我幫您擊潰神殿吧！我的女神只有您一個人！」

「啊，不用做那麼危險的事沒關係。」

我只是輕聲嘟囔一句，便輕鬆地制止一副激動地說出危險發言的魯斯大人。

「是嗎……那您要我做什麼事呢？」

他說這句話的時候明顯帶著惆悵，我趁機用手帕拭去他額頭上的汗水後，邊收起手帕邊說出剛剛想到的事情。

「今天魯斯大人和我兩個人一起去討伐魔獸吧？記得上次你說，北方村莊附近出現許多瓦魯波，很苦惱吧？」

瓦魯波是一種像是凶惡野豬的魔獸。兩、三天前我聽到有人來請求這個領地最強大的戰力——魯斯大人幫忙減少數量。

明明是他的休息日，感覺有點抱歉，但是剛才想到，如果能在狩獵野豬的過程中，稍微展現出我野蠻的一面，讓大家多少對我印象幻滅，以此產生好感和親近感。而且我也很期待，這次冒險能夠拉近我們之間的距離。

「那個……知道了，我陪您去。畢竟我也想儘快處理這件事。所以，那個，希望您

不要做多餘的服務……！」

服務？什麼東西？

魯斯大人說這句話時，臉紅到好像要發出滋滋滋滋的聲音，額上還冒出更多的汗，我不解地歪著頭。

哎呀，雖然不是很清楚為什麼，他整個僵硬在那裡，可以更進一步採集汗水呢……啊！原來是這個！

我用手帕擦拭他額頭上的汗時，因為身高差距的關係，只能更加靠近，導致他緊張到流出更多汗，所以希望我不要再幫他擦汗嗎？

這又不是什麼「我都做了這麼多服務，就算你今天休假也會跟我去狩獵野豬吧？」的施壓。

……不過照這樣下去確實沒完沒了，還是到此為止比較好。

「那今天就是狩獵瓦魯波的約會！身為邊境伯爵夫人，我也想證明自己是對這片領地有幫助的魔法師！」

我呵呵地對他笑，並悄悄收起手帕。

魯斯大人顯然鬆了口氣，肩膀都放鬆了。

儘管我覺得這麼帥的人，純情到不習慣與女性接觸這點很可愛，不過老實說，希望他能夠稍微習慣我。

如果在山上遇到什麼緊急情況，他還會不會再對我公主抱呢？不對，在山上公主抱會對魯斯大人造成嚴重的負擔吧。

我一邊想著到底該怎麼辦，一邊做好對付野豬的準備。

糟了！我是不是應該裝得可愛一點……？

當我順利完成準備工作，順利來到山上，並順利地狩獵第七隻瓦魯波後才意識到這件事。

我用魔法搜索整座山，探測到強大的魔獸氣息，並推測應該是瓦魯波。因為距離很遠，只能稍微延緩牠的動作，我還是用自己擅長的闇魔法對那隻魔獸施展負面狀態。接著，擁有壓倒性的力量，完全不需要提高自身能力或對敵人施展負面狀態的魯斯大人，瞬間就殺掉那隻魔獸。最後我用魔法將魔獸的屍體全部移動至設置在山腳下村莊的轉移陣上……到這裡為止就是整個流程。

順帶一提，屍體將會由遭受瓦魯波襲擊的受害者——山腳下的村莊來處理。拆解屍體很費工夫，但只要出售拆解下來的素材，應該就能彌補之前的損失。

嗯，非常順利，真是萬無一失的作業流程。

沒有任何多餘動作雖然好，然而我如果大叫魔獸好可怕，或是在騎馬來村子時撒嬌說自己不會騎馬，氣氛是不是會更好一點？

來到這裡的路上安穩到都有時間想這種事情。

不過我也不想被認為是沒有用的人……只是做自己能夠做到的事，但因為我和魯斯大人的能力過高，所以就變成是單純的工作……

而且，從提升親密感方面來說，感覺是成……不，儘管聯繫很緊密，卻絲毫沒有像夫妻一樣臉紅心跳的氣氛。就算有，頂多也就是同事之間的感覺。

在殺到第七隻前就隱隱有感覺到這點，然而還沒到完全察覺就走到這個地步，真的是太過順利。

總之，很難稱之為約會。

到目前為止，完全沒發生遇到緊急情況，出現吊橋效應，內心怦咚怦咚之類的事。

不對，因為能夠近距離看到魯斯大人戰鬥的樣子，我倒是有心跳加速的瞬間。在爬上山的途中遇到崎嶇的道路，魯斯大人拉著我的手時，我也有心跳加速。

反過來說，如果看到一個只是站在後方，爬個山都筋疲力竭的女性，應該不會有心動的感覺吧！

與其說沒有足夠刺激的場面，不如說我做的事情太過樸素……

「艾曼紐連施展魔法的時候也非常美麗呢！」

然而，魯斯大人在看著我轉移完屍體後，用莫名陶醉的聲音對我如此說道。

「咦？啊，是嗎？」

正當我的大腦還在默默反省的時候，卻聽到意料之外的話，於是有點語無倫次地回答，接著歪了歪頭。

我的魔法比較像是用豐沛的魔力來輾壓……而且剛剛只有施展一些樸素的魔法……有美麗的部分嗎？

「是的，您擁有既豐沛，純度又高的魔力，光是看著就讓人陶醉。而且還能像呼吸一樣使用高級魔法，完全不會失控，完全就是女神的風範。」

「才沒有你想得那麼厲害，魯斯精細控制魔力的能力才真的出色。從進來山裡後，你一直讓魔力在身體裡循環，增強身體能力對吧？除了你以外，我不知道還有誰會這種魔法。」

不要說是幻滅後的親近感，感覺魯斯大人反而更加崇敬我，於是我急忙否認魯斯大人的話，還反過來稱讚他的厲害之處。

他確實很厲害，要在體內施展魔法，就必須留意每一根血管和神經，如果是我肯定直接血肉橫飛。

「嗯，這個是世世代代都缺乏魔力的我們一族，為了戰鬥所研究的結果……雖然罕見，但比起這樣強化身體揮劍，哪怕只是發射一顆火球，都能得到更好的效果。」

不過，他卻用一副沒出息的表情說道，並撓了撓臉頰。

這確實不是大部分的貴族所認可的魔法師會使用的戰鬥方式，但也沒必要自卑啊。

「是這樣嗎？魔法也許很強大，然而發動需要時間，而且我的防禦力薄如紙。你完美地彌補了我的弱點，如果現在被你拋棄，獨自在這座充滿魔獸的山上，相信不用幾秒我就會死掉。」

「我絕對不會捨棄能夠保護您的幸福，就算是假設也不可能！」

聽到魯斯大人以像是要駁倒我的反駁般的氣勢，非常嚴肅地說出口的這句話，我一時語塞。

魯斯大人對我的敬意和愛意總是火力全開啊……

「……謝、謝謝。那個，我想說的是，我和魯斯各自擁有不同的力量，能夠做到的事情也不同，可以說是互相彌補缺點的關係嗎……沒錯，我想說的就是，我們是很好的搭檔。」

「如果能夠作為您的盾牌或刀劍發揮作用，我只會這樣的戰鬥方式，也許反而是好事呢。」

相較我因為羞恥心而說得愈來愈小聲，魯斯大人始終保持著美麗的微笑，非常開心地說道。

啊啊真是的！我有太多話想說了，像是他到底對自己的評價有多低，是真的承認我是搭檔還是不承認呢！

這樣對著我露出愛意全開的笑容，我整個人就會陷入「啊啊！真的好喜歡！」的泥沼裡啊……

「好的，這次失敗了，我認輸！」

「什麼？」

對於我突然的大吼大叫，魯斯大人嚇了一跳。

「咦，那個，您說失敗……是我做錯什麼事嗎？」

他提心吊膽地偷偷看著我，於是我自暴自棄地搖搖頭。

「不是！魯斯至始至終都很帥！」

「那麼……那個……到底是為什麼認輸？什麼東西失敗呢？」

魯斯大人小心翼翼地詢問，我嘆了一口氣。

「有句話不是說愛上就輸了嗎？這就是我輸的原因。」

「……咦？」

他張著嘴歪頭，這個表情好可愛……我一邊這麼想，一邊痛快地招認。

「我這次來這座山，是想讓你對我另眼相看，不過只是再次確認你很值得依靠，再次愛上你而已。所以這次的行動失敗，我輸了。下次的約會就不要冒險了吧？要不要一起去街上開心地購物？」

「咦？不是，那個，為、為什麼？」

對於我反省後提出的改善方案，他卻問我為什麼，是不是我說得太突然了？

「為什麼啊……呃，因為莉璃莉雅說正常的約會應該是那樣。今天在出發前，我麻煩她幫忙準備時，她一臉傻眼的表情說：『如果是野餐或是郊遊還可以接受，怎麼會想在約會的時候狩獵魔獸？您竟然是真心的……』因為想要讓魯斯看到我的優點，硬是這麼做……」

結果失敗了。

彷彿是在鼓勵愈說愈喪氣，頭愈來愈低的我，魯斯大人搖了搖頭。

「咦，不是的，我百分之兩百看到艾曼紐的優點，您的魔法真的很吸引我，還想說如果可以這麼輕鬆又確實地殺死魔獸，那今後是否還可以借用您的力量……」

「所以，我對這片領地和魯斯有幫助嗎？」

聽到魯斯大人說的話，我開心地抬頭問道，他便用非常真摯的表情點了點頭。

「是的，沒有比您更有幫助的人了。」

「那請給我獎勵，請和我約會，一起逛街、購物吧！」

勢力的我馬上改變主意並伸出手，魯斯大人詫異地看著我的手。

「……即使沒有我的陪同，您到街上購物只要用我家族的名義賒帳即可。」

「哎呀！我擁有的資產也不少喔！只是到街上逛一天，不用擔心錢的問題。而且不管是什麼都可以買給你，跟我一起去吧？」

對於我的邀請，魯斯大人歪頭的角度和詫異程度愈來愈明顯，為什麼？

「……那個，我們街上的治安還算不錯，不需要帶到那麼多護衛。艾曼紐上街的那天我會命人加強巡邏，無論是哪裡都逃不過騎士的眼睛。我覺得這樣已經足夠。反而要注意的是因為人多眼雜，最好用外表挑選搬運行李的人……」

「你是在說婆婆的事嗎？」

「嗯，是的。母親上街的時候，都會帶幾個美男子隨身伺候……」

「好～！婆媳戰爭（物理）打定了。」

「什麼？」

魯斯大人聽到我充滿仇恨的喃喃自語，露出驚訝的神色。糟了。

我咳了一聲後，用燦爛的笑容蒙混過去。

「喔，沒什麼。我是希望魯斯能一起享受逛街的樂趣，不用那麼拘泥護衛的事。」

「那、那個，所以我才說提行李的人要看外表……」

「我說，用外表來挑就是你啦！當然了，你不只是長相，個性和能力也很吸引我，但僅憑外表來選擇，我覺得你就很好。」

「什麼？那、那個，我想艾曼紐應該不需要在旁襯托的人吧……？」

他認為自己很醜這點讓我略為惱火，然而要消除這種根深蒂固的自卑感需要時間，現在就先忽略。

我對愈來愈困惑的魯斯大人露出微笑。

「也就是說，魯斯認為我漂亮到不需要任何陪襯是嗎？」

我對於自己過於驕傲的態度感到害羞，但我這一世就是美（髮）少女。當我鼓起勇氣如此詢問時，魯斯大人露出迷戀的微笑點了點頭。

「沒錯！艾曼紐的美麗無人可比擬！在太陽的光輝下也豪不受影響的黑髮，從頭到尾連指尖都很高雅，散發著優雅不做作的氣質，露出令人喜愛的笑容時，誰能不為您著迷呢？」

也不用說到這種程度呀……！

心臟差點承受不了羞恥，但魯斯大人如我所願地承認我的美貌，所以我繼續提問：

「那、那麼，陪我走在街上時，身旁的男性會覺得驕傲嗎？」

「這不是理所當然的嗎？能夠走在您身旁的男性是世界上最幸運的人。」

「那如果是魯斯，也會覺得開心嗎？」

「當然了，我願意用全部的財產來換取這個權力。」

「若是現在你不用付錢喔！太好了，你願意跟我一起去街上！所以下次休息的時候我們兩個一起去逛街吧！」

「啊，好的！我知道了……奇怪？等、等、等一下！」

在我一步一步的引導下，陷入誘導的魯斯大人現在才感到又驚又慌，但我已經得到承諾。

如果對方對自己的外貌沒有自信，那就由對方來選擇我的外貌！作戰成功！

「來吧魯斯，既然已經決定好下次的預定，我們趕快把今天的工作做完吧！下一個是在西邊，好像是在下面一點的地方！」

「西邊是嗎？我知道了。不對！那個，回到剛才的話題，帶我出門可能會讓您感到不愉快……」

「不會發生那種事，你不用擔心。哎呀，這裡的路有點陡呢。」

「請把手給我，如果覺得害怕，我可以揹著艾曼紐下山喔。呃，不是那樣……」

「哇～魯斯，你真的很可靠呢！假如真的不行，到時候就拜託你了。」

「請別客氣。所以那件事……」

我微笑著忽視不肯罷休的魯斯大人，回去狩獵野豬。

之後沒發生特別的事情，就這樣順利結束狩獵。

因為不想給他帶來負擔，我在山中一直忍耐，但又想確認他那寬闊可靠的背部摸起來是什麼感覺，到山腳下的村莊附近後，我對他說自己到了極限，便讓他揹我。不出所料，他的背又寬又結實，非常可靠。承諾一事我當然也堅持下來了，沒有被他動搖。

儘管一點都不像是約會的樣子，我可以說得到非常滿意的戰果。

桑托里納邊境伯爵家的傭人休息室。

「艾曼紐大人來到這裡成為夫人已經過了一個月……聊點只在這裡說的話吧！大家覺得夫人怎麼樣？」

「嗯……總之她是一位非常漂亮的人。擁有那種美貌加上是公爵家的千金，照理說自尊心應該會很強，但意外地她也有平易近人的一面……感覺沒有缺點，無可挑剔？」

「不僅對我們都很和善，還具備可以勝任王太子妃的素養和品德，作為魔法師也擁有超群的能力，真的很完美。最重要的是，我也認識上一代的夫人，慶幸的是與前代夫人不同，她不僅沒有輕視老爺，對於這個家族也沒有永無止境的不滿。」

「喔～沒錯沒錯！我也覺得她是一位超～級棒的夫人。沒有想批評的意思，也不是覺得不好……但我最近開始思考，這位夫人的品味是不是真的很差？」

「……這是指從夫人對魯斯大人，對老爺的態度推測出的結果嗎？」

「沒錯，夫人意外地喜歡老爺吧？」

「與其說是意外，不如說怎麼看都像是在戀愛，而且還非常熱情。」

「起初我以為她是出於『既然已經成為妻子』的義務感才試著和老爺交流，但是不管怎麼看，都不只是這樣呢……」

「雖然現在的老爺一副『自己不可能會那麼幸福』根本不相信……好吧，如果有那樣的父母，在那種環境下長大，會變成這樣也沒辦法，然而他固執到讓人覺得有點失禮的程度了……」

「不過夫人毫不氣餒地繼續接近老爺。如果是為了捉弄老爺而演的戲，面對那麼固執的老爺，差不多也該生氣或是露出破綻了吧。夫人卻只是偶～爾會有點難過，所以這應該不是演戲，而是真的喜歡老爺嗎……」

「只是想要玩弄老爺，根本不用那麼喜歡，只要給他一個眼神或是稍微笑一下就夠了，甚至什麼都不做，老爺也會為她做任何事。」

「對啊，所以才說夫人的品味真的很差。」

「雖然只是因為愛上我們敬愛的老爺，就被說『品味很差』我覺得不太好啦……」

「這就是為什麼只在這裡講，說到底，除了這件事還有什麼好講的。老爺撇除外貌其他都很完美，儘管對於外貌可以忽視……好像也不行，但夫人還是愛上老爺了。」

「……可能是曾經遭到王太子殿下的背叛，所以覺得老爺的模樣反而更好，更有安全感呢。」

「嗯，無論原因是什麼都無所謂，總之，也許夫人的品味真的很差，所以才真心愛著老爺。」

「也是呢，我也覺得夫人的感情是真的。除了老爺之外，我想每個人都漸漸這麼覺得了。」

「是啊，所以我絕對不能錯過這位夫人！」

「嗯？你說什麼？」

「那是什麼意思？」

「我的意思是說，不管怎麼看，像這樣兼具善良、能力超群、擁有美貌與品味差這些特質，彷彿是上天為老爺量身訂做的貴婦人，除了艾曼紐大人以外，絕對沒有其他人了！如果錯過這位夫人就糟了！我們應該要有這點共識！……所以現在才會像這樣跟大家說。」

「哦，原來如此，老爺本人似乎已經放棄自己的幸福，我們也跟著放棄……不過，也許夫人繼續留在這裡，老爺才能獲得幸福也說不定！」

「聽說前代夫人離開時，有人安心地說出『終於離開了』這種話……但是我們絕對不能錯過艾曼紐大人。」

「我不太想提前代夫人……不過就告訴大家吧！那位個性很急躁，經常會因為一點瑣碎的事情鞭打傭人。」

「咿！好恐怖！那個，我還聽說與艾曼紐大人不同，她完全沒有帶嫁妝過來，每天遊手好閒，揮霍這個家的錢是嗎……？」

「沒錯，而且金錢上的問題也很多……聽說前代夫人最近好像又在這附近走動。她來要錢的日子可能快到了。與前代不同，魯斯大人應該能夠果斷處理這件事……但是她真的是位很麻煩的人。」

「雖然拿前代夫人來比較很失禮，艾曼紐大人是這個宅邸的女主人，對我們這些侍從來說是一件非常幸福的事情……老爺總是把夫人奉為女神，也許她確實就是這個家的救贖。」

「嗯！絕對不能錯過她！但是我們能做的事就和至今一樣，只能盡心盡力地讓夫人過得舒適而已……」

「但是到目前為止，我們都儘量不讓老爺出現在夫人的視線裡，是不是反過來比較好？不管怎麼說，如果是喜歡的對象，哪怕只看到一下下，也會覺得很開心吧？」

「說得沒錯，夫人一見到老爺，就會像看見小狗或小孩一樣，帶著燦爛純真的笑容跑向老爺呢……」

「即使這樣會違背老爺的意思，畢竟這位老爺親口說了：『比起我，更應該把艾曼紐放在首位，不管是和誰對立，都要站在她這邊。』我們應該作為夫人的戀愛同伴，全力以赴。」

「呵呵，『戀愛』是個多麼令人開心又害羞的詞彙，沒想到我們這些侍奉桑托里納邊境伯爵家的人，會有為了這種開心的事情而努力的一天。」

「自從夫人來了之後，這個家的氣氛就變得很好。那麼美麗的女主人，光是待在那裡就讓人充滿幹勁，如果她最後能夠幸福快樂地談戀愛，我們也會很開心。」

「而且因為她的戀愛對象是老爺，那她品味不好也是件好事……聽說貴族的夫妻關係通常都不太好。如果侍奉那樣的家族，我們也會感到窒息吧。」

「真是慶幸。僅剩的問題是老爺的頑固……為了能讓夫人努力堅持到老爺領悟，我們只能站在夫人這邊，不斷鼓勵夫人。」

「嗯，一起努力吧！為了老爺的幸福，也為了我們安穩的人生！絕對不可以錯過艾曼紐大人……！」

我來到邊境伯爵家生活已經過了兩個月，現在是八月的某一天。

今天終於到了上次約好一起去逛街的約會日。

我在上次的約會後得到允許，開始參與狩獵魔獸的活動，因此沒了閒暇時間。魯斯大人則是一如既往的忙碌，再加上好不容易兩人的休假日剛好重疊竟遇到天公不做美，導致拖到今天才能夠約會。

早上，為了不在街上過於顯眼，我穿著衣櫥裡最為簡樸的膝下連身裙，配上綁帶靴走下樓。

當我走到正門前的大廳時，打扮同樣比較輕鬆的魯斯大人已經在等待。

「不好意思讓你久等了，早安，魯斯，我愛你。」

「我沒有等多久，不用在意。早安，艾曼紐，您今天看起來也美極了，如此簡單的裝扮完全展現出您不需要多做修飾的美麗。」

「謝謝，魯斯今天也非常帥氣喔。」

我們互相露出微笑，但他並沒有接受我的感情。

只是彼此習慣了我對他訴說愛意，他稱讚我而已，就像是以打招呼來略過一樣。

真是的，魯斯大人真的太固執了！

這兩個月每次向他傳達喜歡和愛的時候，他都回答「所以您需要什麼？」、「不需要顧慮我」、「哈哈，怎麼可能」、「就算您不說那種話，我也會聽從您的命令」、「您的目的究竟是什麼……？」之類的，總是在否定我的愛。

直到不久前，管家勸他「那些話對夫人相當失禮」後，他便不再一一反駁，不過大概還是不相信我吧。

他仍然和我保持距離，自尊心一如既往的低，完全感受不到他有一絲覺得自己被愛著的自信。

不過，包括管家在內的傭人，他們的態度明顯改變了，總覺得最近好像很配合我。

之前如果不問，他們根本不會跟我說魯斯大人的行程，現在卻會自動告訴我。把我們吃飯的時間和地點安排在一起，還督促魯斯大人多使用正門。在這些行動下，我和魯斯大人見面的機會愈來愈多。

他們本來就對我很好，只是唯一關於魯斯大人的事情所發揮的溫柔有點偏差，但之後也開始按照我的意願行動，總覺得自己快要被寵壞了。

他們是不是已經解除對我的誤會？知道我不是接近魯斯大人的壞女人？還是明白我就如同莉璃莉雅所說的「意外地什麼都沒在想」這件事？畢竟愈傻的孩子愈可愛嘛。

既然護城河已經逐漸填平，差不多到了城堡的中心也就是魯斯大人該棄械投降的時候了吧。

懷著這樣的決心，我和魯斯大人一起到鎮上。

桑托里納邊境伯爵領地的繁華程度不亞於王都呢。

街道上充滿活力，並排著各種吸引人的店鋪，不禁讓人如此心想。我和魯斯大人一起走在主要的道路上。

……嗯，總覺得不太對。

因為覺得不對勁而停下腳步，我悄悄地詢問疑惑地停下來轉身看向我的魯斯大人。

「魯斯，你不是說這個小鎮的治安相對比較好嗎？」

「是的，今天還增加了巡邏的人力，而且我們騎士也有同行，人現在就在不妨礙您的地方。就算艾曼紐一個人走在街上，也不會有任何問題喔。」

「嗯嗯，和我想的一樣。而且你想想，我不是個很優秀的魔法師嗎？最近也學會結界魔法，展開結界後可以避免壞東西進入，再加上，最近就算長時間在我和魯斯的周圍展開結界，也不會感到特別疲憊。」

「原來如此，您真的太棒了！如過是那樣，根本就是萬無一失呢。」

「嗯，所以啊，我覺得你沒有必要站在我的斜前方，也就是護衛的位置……」

魯斯大人一臉開心地點了點頭，但我不是想說這件事耶。

這樣怎麼可能不懂。

我一邊如此希望，一邊低聲地說出這句話，結果魯斯大人突然露出燦爛的笑容。

「知道了！我會去和騎士們會合，換成遠方護衛！」

「才不是那個意思！真是的，為什麼會有那樣的結論！不管你是要護送我也好，還是和我牽手也好，我們甚至可以像那裡的那對情侶一樣挽著胳膊，我只是想你更靠近到我旁邊！」

為什麼反而要離我那麼遠？

在我焦躁地大叫後，魯斯大人一臉驚慌失措，露出「我真的不知道您在說什麼」的表情。他果然沒有意識到自己是被愛著的。

「那、那個，但是……如果我靠得太近，恐怕會壞了艾曼紐的心情……」

「才不會發生那種事！丈夫走在離那麼遠的地方，我很寂寞。」

「警衛方面……嗯，已萬無一失，但……假如我們牽手就無法拿那麼多行李……」

「那我也拿，況且我們現在不是什麼都沒拿嗎？啊～真是的！繼續下去根本不會有什麼進展！嘿！」

我不等魯斯大人想繼續喋喋不休地反駁，直接靠近他，像是撲向他的手一樣，將我的手疊在他的手上。

「……唔！那、那個……汗水……我是說，那個，您不覺得噁心嗎……」

魯斯大人滿臉通紅地低下頭。

我們姑且算是夫妻，只是牽個手他就動搖成這樣，連我都感到害羞。

臉頰好熱，他再次這麼說，連我的手都慢慢地滲出汗來。

「不會，手汗我們倆都有，所以不用在意。我不會覺得噁心，畢竟是難得的約會，但如果你覺得討厭，就放手吧……」

我強忍著羞恥，坦率地說出自己的想法後，魯斯大人迅速抬起頭來搖了搖頭。

「我不可能覺得討厭！這是無比的光榮和幸福！艾曼紐的手既小巧又光滑，假如您說牽您的手也無妨，那我一輩子都不會想放開……！」

對我表達愛意的時候倒是很坦率！而且說到讓人覺得羞恥啊啊啊！不用說到那種程度也沒關係！

不過算了，我也很難放開魯斯大人的手，他的手摸起來比想像中還要結實。

但倘若問我是否能夠毫不羞怯地說出來，那又另當別論了！

「……可是一旦嘗過這樣的幸福後，就會感到很害怕……最重要的是，我不想讓您感到不舒服……」

在我暗地裡掙扎時，魯斯大人沮喪地說出這句軟弱的話。

於是再次緊握他的手，開始往前邁步。

「如果我會覺得不舒服，打從一開始就不會主動牽你的手了吧？你說一輩子都不放手，我覺得很好喔！你說將來會感到害怕，我今後可是打算一直和你在一起喔。」

「……您說不需要護衛，我也沒辦法當一個稱職的提行李員，所以至少讓我作為一個錢包對您盡心盡力。」

有完沒完啊！

我不由自主地抬頭瞪了一眼魯斯大人，結果他露出的眼神，是連我都會感到痛苦的悲傷。

「所以……請您不要拋棄我。」

面對魯斯大人用力回握的熱度，以及如此懇切的哀求，我想也沒想就點了點頭。

算了，不管他是怎麼想的，總之只要他願意待在我的身邊，就暫時先這樣吧……

先前還悠悠哉哉這麼想的我，現在被擺在眼前璀璨奪目的寶石閃得頭暈目眩。

開始逛街後，魯斯大人首先帶我去的就是位於主要道路，裝潢十分華麗的珠寶店。

華麗到我都猶豫是否穿著這身簡單的衣服走進去，但魯斯大人毫不猶豫地帶著我進入，並護送我到內部包廂的沙發上坐下。

他原本想站在護衛的位置，也就是沙發的斜後方，我設法讓他坐在我旁邊，雖然成功了，但他坐在有點距離的地方。明明沒有必要坐在沙發那麼邊緣的地方。

我陷入有點寂寞，又覺得他可能是想說店員會來到我們的面前，兩個人的距離太近很羞恥的矛盾中。

大概是事前就說好的吧。

不一會兒，就有一位自稱是老闆，言行舉止優雅的老婦人親自為我們服務。

「艾曼紐不管什麼顏色都很適合，請直接展示品質最好的產品。」

大約十分鐘前，我感覺到因為魯斯大人的母親逃走後，與桑托里納的關係愈來愈疏遠的老闆，聽到這句話眼睛都亮了起來。

隨後連在王都都難得一見，非常漂亮的珠寶陸陸續續擺在我們面前，我被寶珠的璀璨光芒和老闆推銷的話術壓制到現在。

是因為桑托里納邊境伯爵領地內有不少寶石礦場的關係，加上在這個邊防地帶，沒有多少女性能夠買得起這種等級的珠寶，所以才保存到現在嗎？

從前世的感覺來看，就像是只有在博物館的特別展覽上才會看到的物品，正一字排開放在我的眼前。

啊～真是令人眼花撩亂，但現在可不是覺得頭暈的時候。

魯斯大人用著「從這裡到那裡全部我都買了」的氣勢，堅持宣稱這些華麗到令人髮指的商品都很適合我。

他心情好到讓我感到可愛，不過希望他別這樣。

我不是在懷疑邊境伯爵家的財力，只是太可怕了，我的內心只是個市井小民。

絕對要阻止他，怎麼能夠隨便買下這麼誇張的東西。

實際上我也很困擾，因為本來就不太想參加需要配戴珠寶的活動，以後也打算儘量避免出席。

所以才要阻止。

「非常抱歉，請老闆稍等。然後，魯斯你冷靜一下，我的身體只有一個，不需要那麼多寶石。」

當我下定決心開口勸阻後，興奮不已的魯斯大人和老闆都歪著頭一臉茫然。

「我覺得全部都很適合您……是不合您的喜好嗎？」

全部啊……也有不適合的吧？難道是因為全都很適合我，所以打算都買嗎？這也太恐怖了吧！應該從哪裡吐槽啊？

我忍住因為魯斯大人的話而開始的頭痛，試著設法阻止他。

「喜不喜歡是其次……之前我也說過吧？不想參加需要戴著這種飾品的聚會。」

「是的，沒有必要讓那些把您趕到這個邊境地區的蠢貨，看到戴上這些飾品的您。我只是想送一些適合您美貌的禮物。」

蠢貨……竟然用這麼燦爛的笑容，說著如此過激的言論。

「不是的，魯斯偶爾，我是說，對除了我以外的人，有時會口出惡言……這不是重點，我不好意思無緣無故就接受這樣的禮物……」

「因為艾曼紐只要待在那裡，就足以讓我貢獻出所有的財產……？如果不喜歡，也可以賣掉喔！寶石在出售時價值也不會下降。」

「那是什麼壞女人的行為啊！我到底是什麼壞女人啊！」

受不了了，我已經放棄在老闆面前維持最低程度的形象，發自內心地大喊。

因為魯斯大人露出燦爛的笑容，試圖用那令人費解的邏輯，想方設法對我進貢。什麼送給我，然後我再賣掉換取現金也沒關係，這可是在洗錢耶！不太對吧！

總之，無論是被進貢山一般多的寶石，還是賣掉他人飽含真心（大概）的禮物，都是壞女人才會做的事。

我也許曾經是個反派千金，但那個角色的任務已經結束，今後的目標是成為一位好妻子而不是壞女人。

我抬頭直視因為我剛才的叫喊感到不知所措的魯斯大人，向他訴說我的心情。

「雖然我本來就跟女神的寵兒蒂魯娜之間有點問題，但不想再做出像是壞女人的舉動了。所以不要大手大腳地揮霍好嗎？應該說，請饒了我吧……！」

魯斯大人對含著淚水的我露出為難的表情，儘管還是有點不情願，總算是點頭了。

「知道了，我不會做違背艾曼紐意願的事情。即便想抹去女神的寵兒、神殿和其信徒，但因為您是位熱愛和平的人。所以今天就先這樣吧……等到外界的傳聞稍微平息後，您應該就能夠接受了吧？」

是多想向我進貢啊！

魯斯大人不願放棄地說了這些話後，一副對寶石依依不捨的樣子一直瞄向桌子。

誰會因為收到深愛的丈夫飽含愛意的禮物而不高興呢？我只是希望他能克制一下。

「嗯、嗯……如果在合理的範圍之內，紀念什麼的時候一個一個送……？我會欣然接受。」

「非常感謝您！」

魯斯聽完，馬上滿面喜色地道謝，我見狀便扭過頭去。

不對，好像有點奇怪……？

「既然如此，今天就送結婚紀念品如何？有許多人都會送對方一些平常可以佩戴的飾品，像是戒指、手鐲或是小小的項鍊。」

老闆打斷我的疑問如此說道，我的疑問馬上煙消雲散。

結婚戒指或是訂婚戒指！太迷人了吧！好想要！

「好哇！對了！如果是結婚紀念，我也想送什麼給魯斯當作禮物。能給我看看成對的商品嗎？不過，戴戒指之類的會不會妨礙到魯斯呢……」

魯斯是劍士，若只是一枚沒有寶石的戒指還沒問題，但假如我也一起戴那種戒指，他應該不會同意。

「是的。比起戴在手上或手指上的飾品，希望可以是項鍊之類的飾品。一來是不會不見，二來發生緊急情況時，可以藏在衣服或盔甲下面。」

老闆聽到我和魯斯的要求後，一邊呵呵笑地點點頭，一邊向站在房間角落的店員比手勢，並小聲下達指示，接著對我們露出燦爛的笑容。

「如果要成對的禮物，那要不要搭配彼此的顏色呢？夫人的黑色和邊境伯爵大人的銀色，互相贈予對方的顏色。即使相隔遙遠，也能夠隨時想著對方。這是西方的習俗，因為那裡有很多從事海上工作的人，最近在這一代也很流行喔。」

「聽起來很棒！就這麼做吧！不愧是老闆，這個建議很好！」

雖然是第一次聽說，但這真是個令人心動的習俗，不愧是髮色繽紛的世界。

最重要的是，老闆並沒有像王都之輩一樣說魯斯大人是黯淡的灰色，而是用銀色來形容，這點真的很優秀！

看到我竭力贊同她的提議，老闆滿意地點了點頭。

「咦，那個，說我是銀色，不如說是沒有顏色……」

然而，魯斯大人好像是受到自卑感微妙的刺激，一臉痛苦地如此說道。

「邊境伯爵大人，鑽石愈是接近無色無瑕，就愈有價值。本店當然有可以襯托夫人美貌的珍品。」

老闆用充滿自信的聲音說完，從店員那裡拿出一枚鑲有閃亮鑽石的白金戒指，雖然以日常生活來說，鑽石的尺寸有點太大。

……在像是女性向遊戲般的世界裡真是太好了！不知道是否因為魔法的關係，這個世界在各方面的發展都很順利，切割技術很精緻，使用白金也是理所當然的事。

這枚戒指完全符合我前世心裡暗暗憧憬的訂婚戒指，不禁看得入迷。因為是以前遠遠遙望，在藝人手裡閃耀著光芒的鑽石，儘管希望它屬於我，又覺得有點害怕。但無論如何……

「好美……」

「就買這個吧。」

在我下意識嘆息地小聲說出這句話的同時，魯斯大人不問價錢就直接提議。

「咦？什麼？真、真的可以嗎？這個應該很貴吧？」

本來還想說可以再降一點等級的。

當我因為鑽石的大小和光輝感到畏縮時，魯斯大人微微苦笑了一下，點了點頭。

「這是進來這家店後，第一個讓您露出笑容的商品，不管多少錢我都會買下，讓我把它送給您吧。老實說，除了這枚戒指之外，您好像都不感興趣……即使我覺得沒有顏色的鑽石很無趣，最重要的是艾曼紐喜歡。」

「哎呀！邊境伯爵大人，鑽石怎麼會無趣呢？它可是象徵永恆不變，沒有比鑽石更適合當作結婚紀念的寶石了！白金也是不容易氧化的優秀素材，所以這個戒指完全可以當作永恆愛情的證明！」

「對呀！魯斯，對我來說最重要的是，這是你的顏色，散發著你的光輝。所以我才會覺得這枚戒指比這家店其他商品都還要迷人。還是說，你不打算送我作為永恆愛情的證明？」

「咦？那個……說、說來慚愧，我沒有想那麼多，但是對於艾曼紐的感情，我永遠都不會輸給任何人……」

在我和老闆接連說個不停下，魯斯大人顯得有點不好意思，總算還是點了頭。

沒錯，沒有顏色的鑽石並不無聊，魯斯大人也像這枚戒指一樣閃耀動人。

每次一點點就好，希望他自己也能這麼想。

「接下來，夫人請來這邊，請邊境伯爵大人親手將戒指戴在夫人的手指上。」

老闆如此說完後，將戒指連同底座推向我們。

「什麼？我……我直接碰觸艾曼紐的手？」

「既然是慶祝結婚的禮物，不是理所當然的嗎？接下來要為您們準備黑色的商品，請允許我稍微離開一下。」

老闆直接向露出困惑表情的魯斯大人說了這句話，向我們行個禮後立即站起身來，離開現場。

不愧是個能幹的商人。

她明明可以跟剛才一樣，讓其他店員來準備，卻故意起身離開，大概是不想打擾我們戴戒指的活動。

我悄悄地在內心向老闆道謝後，迅速伸出左手，微笑著向魯斯大人施壓。

「……唔！說、說得也是。因為是我出錢，所以有權利幫艾曼紐戴戒指吧？不過觸碰您的手怎麼說還是太厚顏無恥……」

「我們都牽著手走到這裡了，你還說這種話？所以那枚戒指不是要給我的……？」

「當然是您的！我什麼都可以獻給您！」

我像是要喚醒他的愧疚感般，垂頭喪氣地往下看，結果原本不知為何感到糾結的魯斯大人馬上說了這句話，並拿起戒指。

「那個……呃，我果然還是很緊張，尺寸適合嗎……不過如果不適合再改就好。那麼，請容我失禮……」

只是牽起手帶個戒指而已，為什麼要為了這點事說得如此慎重，還滿臉通紅，一副非常動搖的樣子。魯斯大人用顫抖的手指牽起我的手，像是在煩惱要戴在哪根手指般的逡巡一下後，終於將戒指戴在我的左手無名指上。

「……尺寸完全剛好呢，好開心！我會珍惜一輩子的，謝謝你，魯斯！」

不知道是奇蹟還是老闆眼力驚人，戒指分毫不差地戴在我的左手無名指上。

仍然覺得這顆鑽石對我的手指來說太大顆，但這就是命運。

我笑著舉起左手，心滿意足地從各種角度欣賞著鑽石的光輝時，旁邊突然傳來一聲輕笑。

「看到您這麼開心，我也很高興。即便沒有顏色……卻閃耀著適合您的光輝。」

「沒錯，你也是這樣喔！」

「不，我……」

正當我打算以反覆稱讚來攻擊不知道在謙遜什麼的魯斯大人時，老闆剛好回來了，她在我們面前擺放了新的寶石。

「喔，這顆寶石真漂亮，就像是艾曼紐一樣。」

「什麼？不是，才、才不是這樣呢。」

魯斯嘆氣地喃喃自語著，他的眼前是一顆漂亮的黑寶石，宛如宇宙或深海般低調地閃耀著五顏六色的光輝，看起來是藍綠色略帶一點紅色。真的非常漂亮，漂亮到我不能承認這顆寶石就像我一樣。

我高聲否定，但魯斯似乎並不介意我的反駁，著迷地看著那顆寶石。

看到魯斯大人的反應，老闆滿意地點點頭。

「這是黑蛋白石胸針，稍微加工一下背面就能做成波洛領帶。由於寶石本身就已經非常漂亮，邊框做得比較樸素，即便是男性穿戴也不會覺得不自然。」

「嗯，是一顆象徵著艾曼紐各種魅力的美麗寶石呢。」

魯斯大人毫不猶豫地表示同意，老闆臉上的笑容更深了。

「是的，我認為這不僅僅是黑色，更是適合用來象徵夫人光輝的商品。其他藏品都沒有這種大小，底色清澈無瑕，而且顏色變化如此漂亮的寶石。」

「就買這個吧！和剛剛那枚戒指一起結帳。」

「等等魯斯，為什麼是你買呢！如果你喜歡，買的人應該是我吧！」

我慌張地攔住絲毫沒有猶豫就那麼說的魯斯。

「您問為什麼……因為我是艾曼紐的錢包……？」

可惡！剛剛應該明確否認的……！

看著魯斯大人拿出剛才我無視掉的錢包宣言，要為自己買結婚紀念禮物，我不禁抱頭苦惱。

「邊境伯爵大人，我了解您不想給夫人造成負擔，但畢竟是紀念禮物，遵從形式也很重要。不是自己買，而是由夫人買來送給您是否更有意義呢？」

「若是由艾曼紐送，我會因為太過感激而感到害怕，可能會無法戴著出門……」

面對老闆的建議，魯斯大人依舊完全處於負面狀態。

「不，由我來買，無論如何都由我來買。雖然要你把這個當成我……有點自我意識過剩，你可能不喜歡。但希望你能把這個寶石當作我戴在身上，所以讓我來買。之後請務必一直戴著它。」

我噘著嘴不滿地說完這句話後，魯斯大人感到困擾地皺眉，老闆微笑地看著我們。

「邊境伯爵大人，這是夫人的心意，請坦然地接受吧！在新婚期間，更何況是因為如此喜慶的事情鬧僵，豈不是本末倒置嗎？」

老闆幫得好！

聽到老闆說的話，我笑著嗯嗯地點頭，不過……

「把您為了吸引美麗的夫人，想不斷進貢的心情放到下次，屆時我們也會協助您。我們會為了那天的到來，準備更多更好的藏品。」

對於老闆笑嘻嘻地繼續往下說的話，我無法認同。

魯斯大人則是用終於找到希望的眼神看著老闆。

不過，這次我都能說服他一個一個互送禮物了，下次再努力勸阻他就好了，應該可以吧……？嗯，我要小心儘量別再踏進這家店……

這位老闆完全是個生意人，我們懷著感激和敬畏的心情離開了這家店。

戴上互贈的顏色——立即加工成波洛領帶的黑蛋白石和鑽石，重新牽起彼此的手。

之後的一段時間，我和魯斯大人沒什麼目標，隨心所欲地到各種店家逛逛。

真的是各種商店，從主要道路上規格比較高的精品店、市場的小攤位到巷子裡略為可疑的店，我們都逛了。

也不能這麼說，那間看起來有點可疑的店家，只是店面看起來可疑而已。我是在魯斯大人的帶路下前往的，是間古老的魔法用品店，店內的商品非常值得一逛。

真的是五花八門，到處都有商店可逛。

「領主大人，那是您的年輕夫人嗎？天啊！真是位漂亮的大人！恭喜您們結婚！」

「哎呀～！夫人瞧著年輕卻很有眼光，沒有受到外表蒙蔽，看到了我們魯斯大人的優點！」

「看到您們感情這麼好的樣子……我們也覺得很開心！」

「強大、公平、善良、能幹，讓我們引以為傲的領主，總是在女性方面沒什麼福氣……我一直都很擔憂，沒想到能和這麼棒的女性結婚，這大概是對他所做的一切最好的回報呢！」

「魯斯大人結了婚，還是和這麼漂亮的人，最重要的是，您們看起來很幸福……真是、真是太好了嗚嗚嗚……」

所有仰慕魯斯大人的領民看到我們如此親密的樣子，都非常高興。

甚至還有人感動到流下眼淚和鼻水，以至於我一度懷疑那是不是暗戀魯斯大人的情敵所流下的悔恨之淚。但他們看起來實在太高興了，應該是我的誤會，大概吧。

還有不少人為了慶祝而給我們額外的服務，這讓我深刻地感受到魯斯大人多麼受當地人民的愛戴，同時又清楚了解到人民對領主的婚姻有多麼絕望。

不對，既然如此愛戴，一定是覺得他是個好領主，這麼棒的一個人，就算外貌上從這個世界的角度來說非常不利，但也沒有到結不了婚的地步……作為貴族到二十八歲還沒有未婚妻確實是比較晚，不過畢竟他是男性，到這個歲數才結婚也不是件奇怪的事。

總覺得有點微妙的煩躁。

算了，既然魯斯大人是個好領主，大家應該都在盼望著他獲得幸福吧！

「……這麼說來，沒有人罵我是『迫害寵兒大人的壞女人』呢。」

重新回到主要街道上後，我邊走邊察覺到這個事實，並自然地說出口。

魯斯大人點了點頭，微笑地開口：

「畢竟您是優秀到不會受傳聞左右的人。這條街的人和我們家的傭人時有交流，應該已經確切地傳達了您的真實樣子。而且守護龍之類的庇護幾乎沒有涵蓋到我們領地，所以人民對於愛之女神或是神殿的信仰並不強烈。」

「原來如此，我大概理解為什麼魯斯經常會對神殿說些不敬的話了……」

「不是的，如果是為了您，就算和全世界為敵我都無所謂。」

真是沉重的愛。

魯斯大人突然一臉嚴肅地如此斷言，我也瞬間變得毫無表情。

倘若這麼喜歡我，那對我口口聲聲說的「我愛你」也應該要無條件相信吧……畢竟是我講出口的話。

「……總覺得有點累了。」

「也是呢，我們走了不少路，這附近……啊，聽說那裡的咖啡店很受年輕女性的歡迎，要不要進去休息一下呢？」

雖然我是精神疲憊呢。

但是魯斯大人指給我看的那家咖啡店散發的氛圍確實很溫馨、可愛，年輕的小姐們正在露台上吃著形形色色的蛋糕。

「……『啊～』是約會的必做事項對吧？」

我下意識地喃喃自語後，魯斯大人疑惑地歪著頭。
「『啊～』……？那是什……」
「好，走吧！我們馬上進去！」
這種時候就要少說多餘的話。
如果跟他說「啊～」等於相互餵食，魯斯大人一定會害羞到不願意跟我進去。
「不了，我在店門口等您。像我這麼醜陋的人進入那麼華麗的地方，也會對其他客人造成困擾……」
沒想到「啊～」的真面目還沒揭穿，就遭到拒絕。
我用力拉了拉魯斯大人的手，但他只是站在那裡，一步都沒有動。
「你才不醜，就算真的是那樣，大家也都沉迷在美味的蛋糕中，才不會看旁邊坐的是誰。不用擔心喔！」
「店員會看到，還可能會拒絕讓我進去。」
「在這條街上不可能發生這種事……要不然，那樣吧！你來幫我試毒，難道你想讓我吃不知道是誰做的甜點嗎？」
「您確實需要一個幫忙試毒的人，我知道了，遵命。」
這個愛愈來愈沉重了。

想試試看說些非常任性的話，沒想到他立刻就接受了。

在魯斯大人心中的我，究竟是什麼樣子呢……

其實我作為一個假定的反派千金，是個既會下毒又會下咒的人，這些東西對我來說幾乎沒用，而且還能憑嗅覺察覺有問題，所以魯斯大人根本不會遇到危險。

說起來，魯斯大人明明不知道這件事，希望他不要這樣毫不猶豫地接受。

邊境伯爵，請顧慮一下自己的身體啊……

也許是因為考慮到魯斯大人因為怕被其他人看到而坐立不安，店員引導我們到咖啡店內側的雙人沙發座，而且多虧旁邊設置的隔板，周圍很難看到我們。

魯斯大人理所當然地打算讓我自己坐在沙發上，自己站在旁邊等待，於是我強行把他拉到身邊坐下。為了避免他逃走，緊緊地牽著他的手，還把頭靠他的肩膀上，不讓他亂動。

溫柔的他無法甩開我，直到我點的茶和蛋糕送來為止，身體一直都很僵硬。

「你若是又想逃跑，我就坐在你的膝蓋上。」

我笑著威脅他，然後放開一直牽著的手。雖然一輩子都不想放開手，但這樣就不能吃蛋糕了。

「嗯，啊……那個，希望您可以饒了我……」

果然不出所料，鬆開手的瞬間魯斯大人正要從沙發上起身逃跑，在我悄聲說出那句話後，他馬上重新坐回沙發上。

哦，重新坐下來的位置，比剛才的距離還要遠一點呢。

「哎呀？我看您很想要我坐在您的膝蓋上？」

我用更燦爛的笑容對他施壓，魯斯大人搖了搖頭，但好像搖得太快，連椅子都喀噠喀噠地震動。

「請別這麼做！幸福也好，艾曼紐也好，過量攝取一定會死的！即便是現在……心臟正怦咚怦咚地狂跳……」

魯斯大人嗚嗚地呻吟，還是回到緊靠著我的位置。有那麼不想我坐在他膝蓋上嗎？算了，現在畢竟是在店裡而不是自己家，要節制謹慎，時機、地點與場合很重要，膝上抱就留到下次的機會吧！

我重振精神，將視線轉向放在桌子上我點的莓果塔和魯斯大人點的起司蛋糕。

嗯，兩個看起來都好好吃，而且包括搭配的紅茶和餐具在內，沒有奇怪的味道或是討厭的感覺，很安全。

「呵呵，接下來就麻煩你幫我試毒了。」

「我知道…………？」

我用叉子切了一口莓果塔放到他嘴邊，魯斯大人驚訝地歪著頭。

他還是不懂啊。

「來，魯斯，啊～」

我笑著說這句話時，魯斯大人瞬間滿臉通紅，像是要滴出血來。看來他終於理解「啊～」是什麼意思了。

「不、那個、我、我自己拿叉子吃……！」

他邊說邊就坐著的姿態往後退，我笑得更加燦爛。

喔～？再逃我就坐在膝蓋上嘍～！

「哎呀不可以拒絕喔！這不是在試毒嗎？說不定叉子上塗有毒藥也說不定，所以快點，啊～」

明明我都把距離拉回來了，魯斯大人卻堅持往後退，不肯放棄。

「那個，您可以把叉子給我嗎……！」

「哎呀，我不要。」

「不、不要嗎？」

在我乾脆地拒絕後，魯斯大人不知所措地回了這句話，終於不再後退。

啊，不如說魯斯大人也沒有可以逃跑的地方了，畢竟沙發也不是那麼寬敞呢。

「是啊，我不要喔！因為我想跟魯斯大人做一次『啊～』這件事。」

在我進一步堅決、任性地說完後，魯斯大人的眉頭微微皺起來，好像很為難似的。

「那個，只要艾曼紐希望，不管是什麼我都會為您實現，但這件事果然……」

「……魯斯討厭我餵你吃蛋糕嗎？」

「怎麼可能！只是因為太過幸福，覺得很可怕而已！」

我悲傷地低聲詢問，他立即否認。

如果強迫不來就試著拉開距離，但這也太簡單了吧？

有點擔心我的丈夫太好騙，不過算了，反正得到承諾了！

「太好了！那麼，來，啊～」

我再度用笑容施壓，不管是身體上還是精神上都無處可逃的魯斯大人，眼神不知道要放哪裡，但好像終於放棄似的，怯生生地張開嘴。

「唔、啊……啊～」

我確認他吃掉蛋糕後才輕輕抽出叉子，看著他咀嚼的樣子。真的好可愛啊～

不久後見他吞下去，我問道：

「呵呵，好吃嗎？」

「不、不知道。因為太過緊張，沒有嘗到味道。由於幸福供應過多，不知道我應該……應該說，我到底要付多少錢才行呢……？」

「那當然是等價交換嘍！」

看到我歪著頭，魯斯大人點了一下頭。

「那麼現在即便是我家全部的財產都不夠……假如去狩獵龍可以多少增加一點，但是那一點也不夠……」

這傢伙一臉嚴肅地在說些什麼啊！

看著他一臉為難地開始思考，我感到頭痛的同時耐心地繼續說明。

「為什麼會變成那樣……？因為是等價，魯斯對我做一樣的事情不就好了嗎？所以這次換魯斯喂我吃蛋糕。」

說完這句話後，我輕輕地將剛才他心心念念的叉子放在他手裡。

「唔！那個，但是這個我剛剛用過了……！」

「不是確定沒有毒嗎？」

「不可以，我做不到！會汙染我的女神……！」

他把叉子放在盤子上搖了搖頭，看他的表情，已經超越對於間接接吻的羞恥，甚至看到一絲恐懼。

嗯……我內心對於間接接吻也是很緊張，但魯斯大人太過慌張，我反而冷靜下來，並繼續咄咄逼人，結果搞得自己像是小惡魔一樣……魯斯大人因此被逼到走投無路。

該怎麼辦才好呢？

「……嗚嗚嗚，我快要死了……就因為我這樣的人厚顏無恥地沉浸在艾曼紐丈夫的榮譽感中，才會玷汙我的女神……」

「等等、等一下！為什麼你會這麼想啦？」

在我苦惱的時候，魯斯大人突然說出荒唐至極的發言，於是拚命地制止他。

「那個，作為夫妻當然希望雙方感情好，所以艾曼紐才會這麼努力。我對於讓事情發展到這種地步感到愧疚，所以想去死……」

「咦，我並不是為了義務，而是單純覺得開心才這麼做的。」

對著垂頭喪氣的他，我坦率地說出事實。

聽到我可能是在開玩笑的發言後，他抬起頭並困惑地歪頭。

「開心嗎？……難道艾曼紐的愛好很特別嗎？」

他開口詢問，或者說只是想確認。

事實不是魯斯大人認為的「把醜男玩弄到這個地步的低級趣味」，而是「因為我的愛好和品味與這個世界有所偏差，所以不認為魯斯大人醜，還很喜歡他，覺得與他談情說愛很開心」，不過無論如何，我在這個世界的確是個異端。

所以我堅定地點點頭，直截了當地承認。

「無論是莉璃莉雅也好，還是桑托里納邊境伯爵家的傭人也好，你隨便找一個每天都會跟我接觸的人詢問就知道了，我確實很怪。」

「原來如此……那真是太好了……？」

我看著一邊說太好了一邊歪頭的魯斯大人，心裡有點著急。

糟糕，是對我幻滅了嗎？

「……與艾曼紐待在一起時，我總會在一瞬間忘記自己醜陋的相貌。」

「忘了也沒關係啊！顏色也好，外貌也好，實際上都不重要！」

對於他的喃喃自語，我想也沒想地微微擺出獲勝姿勢，快速地回了這句話。之所以會有這種反應也沒辦法。

畢竟直接忘記實際的外貌最好！除了外貌以外，魯斯大人肯定是有自覺地努力讓自己保持完美，如此一來，他就會相信我的愛。希望他能夠更對自己感到驕傲。

也許這次會成功？

他會不會因此承認我們兩情相悅呢？

心臟在期待下怦咚怦咚地狂跳，不想在這一刻失敗的緊張感，讓我的指尖僵硬。

我發現自己正盯著魯斯大人屏息以待，接著，他突然對我露出有點陰鬱的微笑。

「我若是忘記自己的醜陋，就會變得無法放開您了喔？會執著於現在的幸福，失去的時候會感到憤怒。舉例來說，當您愛上某個人時，我會因為您遭到奪走感到憤怒，而且不知道會對那個得到您的愛的傢伙做出什麼事情……」

他不知為何以威脅的語氣說著理所當然的話。

我不曉得這到底算不算問題，但還是歪著頭回答：

「那個……請你務必這麼做。無論是放開我的手、放棄我們兩人的幸福還是允許出軌，我都會很困擾。這些都不合理吧？畢竟我們是夫妻。」

「……咦？」

什麼「咦？」那是我的台詞才對吧？

魯斯盯著仍然歪著頭的我，害怕地開口：

「呃，但是艾曼紐不是很漂亮嗎？」

「嗯？……謝謝？」

「不客氣。不對，我不是在說這個！因為艾曼紐很漂亮，總覺得……您的選項很多吧？對您來說，我只是眾多受您吸引的人之一，但您對我來說則是絕對唯一的女神。除了我以外，還有無數這樣的人吧？對地位與我如此天差地別的您產生占有欲，也太狂妄了……」

簡單總結一下魯斯大人這毫無邏輯的說法，他的意思是身為美（髮）少女的我太受歡迎，但（大概是生母的錯）他覺得自己很醜，所以即使我外遇他也不能怎麼樣？

「我沒有任何想外遇的想法，既然我們都是夫妻了，也沒有必要原諒外遇行為。萬一我真的外遇，為了避免再次犯錯，你就在我的頭上倒油，把我的頭髮全部燒掉不就行了嗎？」

「您怎麼可以說出這麼恐怖的話！如果對象是男人還沒關係，我怎麼可能對艾曼紐做出這種事！」

哇啊！他生氣了！就算只是比喻也太怪異了嗎？

不對，如果對方是男人他就會毫不猶豫地燒了，所以應該不是怪不怪異的問題。

還是說，他的意義是無論做了什麼都不會傷害我？……確實就算魯斯外遇，我也不會燒掉他。

對方是女性……嗯～要怎麼做才好呢？總之不管怎麼樣，我想先燒掉魯斯大人的親生母親，只要知道她住在哪裡，就去燒掉，然後對她施以跟莉璃莉雅父母一樣的詛咒。想看到她在成為自己避諱的「醜陋存在」後會怎麼做……

……啊，想到了！

既不會危及生命，又可以消除階級差異的方法。

「魯斯，如果讓你感到不安，那可以把我的頭髮變白喔！我會那種詛咒！」

「不可以，請別做那種事。我希望艾曼紐能夠永遠幸福……」

明明連我自己都覺得是個好主意，卻得到這樣的回答，而且魯斯大人的表情明顯有點退縮。

嗯~如果按照前世的邏輯來看，應該是「把臉洗掉」的感覺吧？

「哦，我懂了，如果我的頭髮變白，魯斯也會討厭我呢。」

我認同地點點頭，魯斯大人驚訝地嘆了一口氣。

「怎麼可能呢？確實一開始的契機是外貌，但現在我愛著艾曼紐的一切。不管您是什麼顏色，您就是您，我的愛絕對不會改變。」

「……唔！」

突如其來的熱情告白，讓我臉頰發熱。

但現在不是害羞的時候！

我深吸一口氣，直視坐在旁邊的魯斯大人，一邊默唸要傳達自己的感情，一邊小心翼翼地組織話語。

「我、我也一樣，不管你是什麼顏色都喜歡。我真的很愛你，為了讓你了解我的真心，為了讓你相信我這份心意，我的頭髮怎麼樣都無所謂。如果你的愛不會變，就算變成一頭白髮也……」

「千萬不可以這麼做。假如因為我讓您受到傷害，就算只有一點點，我也絕對會愧疚地死去。」

他極度認真地打斷我的話。

我們的論點有點分歧，不過他說得也沒錯，反過來說，如果魯斯大人因為我而燒到臉，我可能也會因為愧疚天天以淚洗面，最後虛弱而死。

「……知道了，我會好好珍惜頭髮的。」

聽到我這麼說後，魯斯大人明顯地鬆了口氣，我趁他放下戒備，立即威脅道：

「不過，假若你繼續懷疑我的感情，我或許會自暴自棄也說不定喔！儘管信任需要時間培養，但如果你讓我等了好幾年或好幾十年，屆時自然就會變成白髮嘍！」

我刻意對倒抽一口氣的魯斯大人露出微笑。

受到妻子這樣的威脅，魯斯大人深深地嘆了口氣，一臉欲哭無淚的表情小聲開口：

「即便被騙或是遭背叛……我也想、也應該回覆艾曼紐現在希望我說的話，一直都是這麼想的。其實真的一直想對您說『我也愛您』……」

接受並回覆告白，的確是我想要的，但我既沒有欺騙也沒有背叛。

「然而在那瞬間就會覺得我這麼醜陋的人也太不知分寸，並對自己說，我不可能會那麼幸福……因此……我什麼都說不出口。」

……這個想法也太根深蒂固了。

不過，能讓他說出這麼積極的話，無疑是向前邁進了一步吧。

「謝謝，就算你只是說想回覆我，也很開心。而且，幸福這件事只要習慣了，就會成為日常生活的一部分，到時候你應該就能自然地回覆我吧？」

「是、是這樣嗎？」

「一定是唷！所以，請更習慣幸福……或者說，更習慣我吧！」

我為了換個氣氛，故意用興奮的語氣如此說道後，再次把叉子放在魯斯大人手上。

「原來您還沒忘記『啊～』這件事呢。」

他露出苦笑說完這句話後，切了一口莓果塔，插在叉子上。

兩種口味的蛋糕都非常好吃。

嗯，其實魯斯大人喂我吃蛋糕時，我太過激動，完全沒嘗出味道，只是覺得應該是好吃的。

第五章 ❖ 前近衛騎士

「糟糟糟糟糟、糟糕了！外、外面都在傳，夫人——艾曼紐大人的情人，從王都追到這裡來了的謠言……！」

「什麼？那位夫人的情人？除了老爺之外的情人？怎麼可能？那應該是自以為是，自稱為情人的傢伙吧？」

「……也、也是有可能？但、但是但是但是，我調查了一下，他是艾曼紐大人的青梅竹馬，他們在就讀學院時感情也很好，而且他拋下近衛騎士的位置，來到這種邊境地區的確是事實啊！」

「近衛騎士？那就是說……不光實力，他是連家世、外貌、品行都出類拔萃的超級菁英嗎？……難道他是故意到這裡的？」

「是的！我在調查的時候看到本人，真的超帥！……怎、怎麼辦？我不認為夫人是那種不誠實的人，但是被那種菁英求愛，魯斯大人不就沒有勝算了嗎……！」

「……春天還真短暫啊。」

「要說放棄還太早了！」

「是你說沒勝算了吧？」

「是沒錯！但是很討厭啊！如果艾曼紐大人不在，這個家就完了……！」

「說得也是，魯斯大人的幸福一定得是艾曼紐大人！可是，好像沒有哪種魔獸可以在不經意下殺死有近衛騎士實力的人吧……」

「這個想法也太危險了！」

「那還有其他辦法嗎？魯斯大人如果和那麼完美，又抱持著相當覺悟來到這裡的男人正面對決，完全沒有勝算……不對，如果是劍術比賽魯斯大人是不會輸的！但是現在這種時代應該不會接受用真劍進行生死決鬥吧……」

「嗚嗚嗚……為什麼、為什麼是艾曼紐大人啦……！近衛騎士那麼受歡迎，去跟相匹配的美女在王都開心生活不就好了……！魯斯大人可是只有艾曼紐大人……」

「真不愧是夫人啊……可以讓一個人沒有受其他女人動搖，也沒有因為別人的女人而忘記她，甚至放棄近衛騎士的位置來到這裡。」

「夫人的魅力真是無止境……不過，夫人的品味真的很差，沒有和近衛騎士私奔，而是嫁到桑托里納家。不僅已經入籍了，最近兩個人看起來感情格外親近，所以應該會拒絕前近衛騎士的求愛……吧……大概……」

「不知道夫人是怎麼想的，真是的，如果夫人願意留在這個家，應該可以有一、兩個情人吧？這種程度魯斯大人也會允許吧？」

「不行啦！夫人超討厭外遇，她還說要把『外遇者剃掉整頭頭髮』立為家訓……不是剪短，而是剃掉喔！這可是家訓耶！」

「哎呀！也就是說，若她要接受這位前近衛騎士，就必須和魯斯大人澈底分手。」

「……該怎麼辦啊？」

「嗯~如果不是魔獸而是刺客怎麼樣？論實力，刺客中也有實力不輸給近衛騎士的人，在高手雲集的桑托里納家附近應該找得到。」

「……似乎真的沒有別的辦法了。不過，我們實力最強的人是魯斯大人，那位大人以艾曼紐大人的幸福為優先，感覺馬上就會放棄……」

「說得也是，但是這一切都取決於艾曼紐大人的意願，事實上是，夫人把這位前近衛騎士丟在王都來到這裡。所以那個人可能只是個自以為是的高級帥哥而已。如果他是追著夫人過來的變態，那就會出現最強的刺客。」

「就算是變態，也不是正面攻擊，而是暗中襲擊嗎……」

「必須澈底消除造成不安的因素。你不是也說了嗎？魯斯大人只有艾曼紐大人，我們絕對不能讓夫人離開！」

我以為經過那次逛街約會，和魯斯大人之間的氣氛會變好，距離也會縮短。

「少開玩笑了！卡蘭西亞．格拉吉奧斯！給我切腹道歉！」

「對、對不起！是我的想法不夠周全……我、我道歉，拜託停止攻擊吧！」

「吵死了！吃我一槍！話之後再說！」

「不，那一槍應該會打死人吧！」

「我會讓你復活的，放心吧！」

「妳沒有那麼擅長回復魔法吧……！」

逛街約會結束後的第三天，我在桑托里納邊境伯爵家的後院，與不顧麻煩來到這裡的卡蘭西亞展開了沒有任何收穫的追逐戰。

我用魔法讓冰塊從天而降，卡蘭西亞巧妙地避開，不停逃跑，偶爾用火焰魔法融化冰塊，順便看一眼站在我身後觀戰的莉璃莉雅。

卡蘭西亞就是那個對莉璃莉雅動心，要我幫忙牽線的男人，但沒想到外面的傳聞竟然說他是我的情人。

多虧如此，每個傭人都哭著來對我說「不要拋棄魯斯大人」，受到嚴重傷害的魯斯大人則是公然躲著我，所以我必須打到他一次才能夠釋懷！

「嘖！卡蘭西亞．格拉吉奧斯，你這個抱頭鼠竄的小人別跑！」

「艾曼紐大小姐，妳是變了一個人嗎？」

「閉嘴！你知道什麼啊！你這樣講話又會被誤會吧！根本不了解真正的我和我的興趣愛好，只是剛好都是佛魯納多王太子殿下身邊的朋友而已，說什麼青梅竹馬！」

「那、那個也不是我的自稱！只是客觀的評價！我們真的是從小就見過面不是嗎？不過，寫給莉璃莉雅小姐的信和禮物，確實收件人都是寫妳的名字，這是我的錯！是我想得不夠周到，我道歉！」

「要道歉，就向我的丈夫道歉！向他解釋卡蘭西亞喜歡的是莉璃莉雅，對我一點興趣都沒有！」

「我解釋！我會解釋！但要先請人傳達給邊境伯爵大人……」

「都是你的錯！他現在躲著我！今天連他的臉都沒看到……」

嗚嗚嗚，眼淚奪眶而出，與此同時我的魔力受到動搖，冰塊停止生成。

卡蘭西亞意識到這一點後，也停下腳步向我低頭。

「對不起，我真的做錯事了，沒想到會演變成那樣的謠言……」

「艾曼紐大人，這也沒辦法，畢竟俊男美女站在一起看起來就像幅畫。」

如此說道的莉璃莉雅輕撫呼吸困難的我的背……等等！

「不對，莉璃莉雅怎麼一臉別人家的事！當初妳跟我來之前，如果有完全說服卡蘭西亞，現在就不會發生這種事了！」

「我已經明確地拒絕好幾次了，錯的是一直糾纏不休的人不是嗎？」

即便我瞪著她，莉璃莉雅仍然一臉冷淡。不過確實，莉璃莉雅從未給過卡蘭西亞想要的反應。

禮物不是當場拒收（所以才會變成寄給我）就是退回，總是面無表情地劃清界線。

「……說得也是，錯的是糾纏著甚至不是戀人，只是單方面喜歡的女人，寧可連近衛騎士的地位都放棄也要追到這裡的人！所以卡蘭西亞，讓我揍一拳。」

「揍……算了，反正妳的拳頭也沒那麼痛，如果那樣可以讓妳洩憤，我無所謂。」

「很好，咬緊你的牙關！」

「唔！……嚇我一跳，妳的力氣意外地大耶，而且還殺氣騰騰，毫不猶豫瞄準我的下巴。」

明明下巴挨揍了一下，但卡蘭西亞只是微微呻吟，並沒有受到什麼傷害。反而是我的拳頭好痛，果然還是應該用魔法揍他！

在我含著眼淚輕撫揍卡蘭西亞的拳頭，卡蘭西亞一臉無所謂地撫摸挨打的下巴時，莉璃莉雅突然歪著頭。

「話說回來，格拉吉奧斯大人是真的被革職了嗎？」

卡蘭西亞聞言慌忙地搖頭。

「不是的，我沒有被革職，確實不是近衛隊的一員了，但依然是王國的騎士。我是申請調動執勤地點，才來到這裡，今後將負責國境的防衛任務。」

「喔，原來如此。」

問題是莉璃莉雅問的，她卻用毫無興趣的聲音回答，無動於衷地點點頭。

嗯～雖然是事實，但這個情況應該不適合這麼無動於衷地草草回應吧……

「但是卡蘭西亞，你這不是好不容易出人頭地，卻放棄那條路了嗎？如果繼續當近衛就能一帆風順，你從王都到地方，基本上等於是降職吧？再加上桑托里納邊境伯爵家族的力量非常強大，國家騎士到這裡的工作，頂多就是監視以及定期向國家報告而已，根本是閒職中的閒職不是嗎？你竟然自己申請……嗯，這就代表你對莉璃莉雅的愛有這麼深……」

「什麼？那也太恐怖……」

聽到我指出的重點後，莉璃莉雅喃喃自語地如此說道，便悄悄地躲到我的身後。

卡蘭西亞在瞬間變得垂頭喪氣，平時比我的視線還高的那頭酒紅色頭髮似乎也顯得沒什麼精神。

「那個……莉璃莉雅，確實是有點可怕，但他姑且也是追妳追到這裡，是不是能表現出一點感動的樣子呢？」

「難道艾曼紐大人是在替那個受到我這少女外貌迷惑的變態說話嗎？」

莉璃莉雅冷眼瞪著試圖替卡蘭西亞說話的我，並快速地拉開距離，我的內心也因此感到受挫。

「竟、竟然說是受到少女外貌迷惑的變態，卡蘭西亞跟我同歲，不是比莉璃莉雅小嗎？嗯……如果從外表來看，確實是像大人和小孩，體格的差異也很大……」

聽到我有點遲疑的辯解，莉璃莉雅重重地嘆了一口氣，平靜地說：

「艾曼紐大人，會靠近我的異性只有喜歡少女般的外貌，不論美醜，只要是少女都愛的那種變態而已。或者是那種認為既然是醜女，而且也不是真的少女年紀，就算粗暴對待也無妨，想要對少女般的生物做些可怕事情的超級變態。」

被評價為可能是超級變態的卡蘭西亞臉色蒼白地搖了搖頭。

「不、不是的！我喜歡的是莉璃莉雅小姐的個性和生活方式！我出身於騎士家族，很容易對侍從立場的人產生共鳴。所以我是受到莉璃莉雅小姐對艾曼紐大小姐的忠誠所感動，並覺得憧憬……」

說到這裡，他不好意思地轉移了視線，放低聲音繼續說：

「那個我想說的是，少女的外貌住著老成的內心、各種達觀、堅強的內在，總之，這些奇怪的反差都是莉璃莉雅小姐的魅力！而且我對莉璃莉雅小姐以外，擁有少女外貌的人或是真正的少女一點興趣都沒有！因為是莉璃莉雅小姐，我才會喜歡！」

對於卡蘭西亞滿臉通紅地說著熱情洋溢的話，莉璃莉雅從頭到尾的視線都很冷淡，接著她冷笑地回答：

「嘴上怎麼說都行。先說清楚，我是一個活生生的人。既有感情，也會隨著年紀變老，這種少女般的外貌也維持不了幾年。我需要吃飯、排泄，永遠不會成為別人想像中的娃娃。」

「我知道。而且我認為妳為了艾曼紐大小姐，能夠不惜一切代價的那種隱密的熱情也非常有魅力。正因為不是洋娃娃，所以很漂亮。雖然這沒什麼好驕傲的，但我可以斷然地說，無論是我、我家的人還是騎士這種野蠻的種族，對於外貌根本不在意。即使上了年紀，妳的魅力也不會有絲毫改變。」

面對卡蘭西亞反覆強調，莉璃莉雅無法反駁。

嗯，確實真的沒什麼好驕傲的，但他對於外貌根本不在意是事實。

格拉吉奧斯家族和騎士們，在這個對頭髮異常在意的世界裡，他們豪不在意頭髮，而且更重視實用性，平常都是短髮，還有互相稱讚肌肉的神祕文化。

所以實際上對於莉璃莉雅的外貌，無論是卡蘭西亞還是他的家族都不在乎。

他的父親甚至說過，如果是像莉璃莉雅這種擁有實力的人，反而會欣然接受。

會這麼說，是因為莉璃莉雅為了在緊急時刻保護我，非常認真地鍛鍊。

卡蘭西亞喜歡上莉璃莉雅的契機，或者應該說他們會相識的原因就在於，莉璃莉雅師從卡蘭西亞的父親，他是騎士團團長，同時也擁有王國最強的名號。

莉璃莉雅儘管身材矮小又是女性，在卡蘭西亞父親的眾多弟子中，卻擁有最為強勁的實力。這似乎是她對我的忠誠心所致，以異常的熱情和毅力，在團體中拚命鍛鍊出的結果。

我經常在學院聽卡蘭西亞說，他是在一旁看著莉璃莉雅修行的樣子時迷上她的。

「話說回來，剛剛形容得有點太具體……所以真的有想把莉璃莉雅小姐當成少女玩偶來養的變態嗎？」

卡蘭西亞突然問道，莉璃莉雅露出非常不愉快的表情點點頭。

「是的，明明已經斷絕關係的老家那邊，為我安排了三次相親，對方全都是那樣的人。想說既然是這種垃圾，我就毫不客氣地痛毆對方後回家了。」
「好，我去宰了那些變態！」
看見如此說道的卡蘭西亞瞪大眼睛握住劍，莉璃莉雅發出感到荒唐的嘆息聲。
「您連對方是誰都不知道，是要去哪裡呢？」
在卡蘭西亞轉身準備離開時，莉璃莉雅看著他的背輕聲問道。
「請告訴我……」
卡蘭西亞快速地走回來，用難為情的聲音懇求，莉璃莉雅嗤之以鼻。
「如果我就這樣說出來，豈不是教唆殺人了嗎？」
「說得也是，不能讓莉璃莉雅小姐成為罪犯，沒辦法，我就放棄問妳吧！」
他帶著苦澀的表情點點頭，悄悄地對我使了個眼色。
也就是說，就算不從莉璃莉雅那裡打聽也沒關係，只要調查就好。
那個眼色大概是要身為她雇主的我幫忙調查對吧？
莉璃莉雅略微看了心裡有數地點點頭的我和卡蘭西亞後，再度傻眼地嘆了口氣。
「艾曼紐大人、格拉吉奧斯大人，我毫髮無傷地站在這裡，這樣不就行了嗎？就像我剛剛說的，我毫不客氣地痛毆了那些人喔！如果追查的方法不慎，我反而可能會受到法律制裁……」

「嗯，假如莉璃莉雅小姐使盡全力，不死也只剩半條命……」

聽到卡蘭西亞的喃喃自語，我產生了危機感。

「呃……那些人應該還活著吧……？」

我悄悄地詢問，莉璃莉雅微微歪著頭露出燦爛的笑容。

嗯，還是別問了。

我閉上嘴並回以諂媚的笑容，莉璃莉雅滿意地點點頭，接著恢復正色淡淡地說：

「不知道我的雙親是否也汲取教訓了，兩年前開始他們就不再寄信給我……兩年前我去找他們談判，要求他們適可而止時，我對他們說：『父親和母親的頭髮依然像是假的一樣漂亮呢。』也許是多虧於此想起自己已經不再是我的父母。」

啊！子爵夫婦因為我的詛咒變成一頭白髮或禿頭，所以戴著假髮嗎？才會在被指出那點後而生氣。

或許是在這個世界有一種說法是髮色等於神明的祝福，一般人對於隱瞞髮色的行為非常忌諱，還會把那些人當成傻瓜。

甚至也有過激派認為假髮與染白髮是對神明的褻瀆。

因此，深怕戴假髮的事露餡而遠離社交界，卻馬上遭到莉璃莉雅識破。這件事可不能傳出去呢。

「……那就沒有我出場的機會了。但是，能夠如此完美地獨自一人搏鬥……」
「是不是覺得不可愛了呢？」
聽到卡蘭西亞的喃喃自語時，莉璃莉雅露出挖苦的笑容問了這個問題，然而卡蘭西亞斷然地搖頭。
「不是的，我是覺得太帥了。感覺離得到莉璃莉雅小姐認可的日子還遠得很……」
「是、是嗎？」
卡蘭西亞不知道在低頭想著什麼，沒有注意到，但莉璃莉雅的耳朵微微發紅，而且難得發出動搖的聲音。
莉璃莉雅是姊姊屬性，其實對於帥氣或是值得信賴的稱讚很容易無法招架。
……這兩個人為什麼不就這樣在一起啊？
沒錯，說到底，只要這兩個人在一起就好了！
他們兩個如果是一對甜蜜的戀人，就不會出現奇怪的誤會了。
「莉璃莉雅，既然已經解除對卡蘭西亞的誤會，他不是受妳少女般的外貌所吸引的變態，是不是應該認同一下卡蘭西亞呢……？」
我滿懷期待地悄悄詢問，莉璃莉雅馬上變臉，一臉好像吃到蓮子心一樣，卡蘭西亞則是用著充滿期待的眼神抬起頭。

「認同然後結婚嗎？如果這是命令，我很樂意服從。」

「咦咦咦？才、才不是這個意思！」

莉璃莉雅一臉不滿地說著很樂意這種荒唐話，我用力地搖搖頭。

「這不是命令，只是出於建議而已……可就算是命令，結婚這麼重大的事情，不喜歡就應該拒絕吧？」

面對我出乎意料拚命地逼問，當事人卻歪著頭一臉茫然。

「一般來說，侍女的婚姻不是由主人決定嗎？再加上我的命屬於艾曼紐大人，既然您決定了我的生死，我到死為止的生活也應該遵從您的意願。」

「那我想拜託妳，無論是生是死還是生活方式都請妳自己決定。為什麼莉璃莉雅平時根本不尊敬我，有時卻又很沉重……」

我不禁嘆了一口氣，莉璃莉雅對此嗤之以鼻。

「我一直都很尊敬您喔？只是我是用行動來表達敬意。」

好吧，莉璃莉雅的尖酸刻薄的確只是嘴巴說說而已，事實上，她對我總是無盡的疼愛和溫柔……

「是啊，艾曼紐大小姐，莉璃莉雅小姐可是無比珍視妳。除了妳以外，她對任何人都不留情面，就連我和父親都不知道她要搬來這裡。」

聽到卡蘭西亞突然哀愁地發出嘆息聲，我驚訝地瞪大眼睛。

怎麼可以不顧情理關係……！

「我出發當天早上姑且有寫信給師父，之所以沒有提前去打招呼，是因為出發前一天還在閉門思過。」

我難以置信地看著莉璃莉雅，她一臉冷淡，泰然自若地說出這句話。但是，等等！

「閉門思過的人是我，不關莉璃莉雅的事吧？」

我不由自主地大喊，莉璃莉雅臉上的表情依然冷淡，只是淡淡地回應：

「怎麼能在主人閉門思過的時候興高采烈地到處玩呢？」

「我剛從學院畢業後就去見莉璃莉雅小姐，她也是這麼跟我說的，之後就不願意見面，甚至連書信往來都拒絕。不過，以莉璃莉雅小姐的忠誠，這也是理所當然的事。所以我一度作罷……」

卡蘭西亞嘆了一口氣，接著說：

「結果莉璃莉雅在閉門思過的懲處結束後，什麼都沒說就搬走了，說實話，當初還以為自己會因為受挫就這樣放棄。被拒絕是沒關係，但反覆受到無視太痛苦了。因此，我努力鼓勵自己來到這裡，包括被允許調職的時間，我花了近三個月……」

卡蘭西亞低聲說完，似乎想起這段時間的辛苦，看向遠處。

「你、你辛苦了，卡蘭西亞，沒有因此放棄反而很了不起呢……」

我不禁深受感動，卡蘭西亞依然看向遠方，虛弱地笑了笑。

「一直以來，除了我以外不管是誰都遭到拒絕，我知道對莉璃莉雅小姐來說，艾曼紐大小姐是唯一，我和其他的人怎麼樣都無所謂，她只是不討厭我這個人而已。」

「嗯，差不多是這樣沒錯。」

莉璃莉雅點點頭，卡蘭西亞鬆了一口氣。竟然連「怎麼樣都無所謂」這種心態都覺得放心……

「不過，姑且還是要糾正一點，我是覺得你很可愛，所以才特別推開你。」

聽到莉璃莉雅平靜地說出這句話，卡蘭西亞驚訝得說不出話，全身變得僵硬。

「什麼？……可、可愛？」

卡蘭西亞的外貌看起來比較嚴肅，在學院也只會聽到很帥的評價，似乎對「可愛」這個詞彙感到陌生。看到他困惑地歪著頭，莉璃莉雅微微地露出溫柔的笑容，彷彿是覺得他可愛到不行。

「是的，格拉吉奧斯大人就像隻笨狗，非常可愛。可能是因為從小就看著您，在我眼裡您相當可愛。那種率直到可以說是愚蠢的氣質，讓人覺得真的好笨好笨好笨，正因為這樣，才會覺得您可愛到不行。」

這算是稱讚嗎……

我在一旁聽著他們的對話，有種微妙的感覺，但莉璃莉雅在說話時始終保持著美麗的笑容，卡蘭西亞則是滿臉通紅地不知道要看哪裡，所以大概算是誇獎吧。

話說回來，莉璃莉雅喜歡狗。

放棄近衛的地位來到這裡的卡蘭西亞無疑是個傻瓜。

在放棄這個位置時，就可能已經斷絕與高階貴族千金聯姻的機會，再加上毫不猶豫地走向莉璃莉雅這點，就像是隻笨狗一樣。

卡蘭西亞像是下定決心般握緊拳頭，用飽含期待的眼神看向莉璃莉雅，他深呼吸後張開顫抖的嘴唇。

「……莉、莉璃莉雅小姐，那個，我從學院畢業了。雖然……已辭去近衛的職務，姑且還是作為國家的騎士受到認可。年紀比妳小這點我沒辦法改變，如果我已經不是妳以前說的『靠父母生活的孩子』，那可以得到妳的認同嗎……？」

「當然，您已經獨當一面了呢。」

「那、那麼，請和我結……」

「您很有魅力，正因為如此，配上我這種顏色淺、年紀又大，還沒有娘家，而且把艾曼紐大人認定為唯一絕對存在的人，太可惜了。我無法忍受讓可愛的您不幸，請允許我拒絕。」

在他說完前，莉璃莉雅便以笑容乾脆地打斷，使卡蘭西亞說不出話。

「剛剛也說過，我就連結婚對象也想遵照艾曼紐大人的意思選擇。只會思考如何行動才會對這位大人有利，本來就沒有以自己的意志選擇結婚對象的打算。」

對於剛才莉璃莉雅平靜訴說的那些話，有件事我一直很介意，所以一邊想著打斷別人的求婚是否恰當，一邊悄悄地詢問：

「那個……莉璃莉雅，所以說妳並非不喜歡或是討厭卡蘭西亞吧？反而可能，相較之下……是喜歡嗎？」

對於我帶著確信的態度說的話，卡蘭西亞一臉茫然，莉璃莉雅則是以不高興的表情開口：

「我認為這個世上沒有任何一位女性在他訴說愛意的時候，不會愛上他？」

「偶爾也會有吧？至少我一點興趣都沒有。總之莉璃莉雅喜歡卡蘭西亞對吧？」

我再次詢問後，莉璃莉雅終於不情願地點點頭。

「如果是從喜歡還是討厭這兩個選項擇一……應該是喜歡吧。」

賓果！先把因為太過高興而受到衝擊完全沒反應的卡蘭西亞放在一旁，我進一步逼問莉璃莉雅。

「妳剛才說會遵從我的命令對吧？假如是對我有利的婚姻妳會接受吧？」

「當然了，若是為了艾曼紐大人的幸福，倘若有必要，即使是嫁給超級變態的人我也願意。」

「為什麼我要下那種慘無人道的命令啦！算了，我命令妳，莉璃莉雅，請妳跟喜歡的人結婚。而且要過得非常幸福，讓我丈夫知道，就算顏色淺也能夠被人深深愛著，也能夠得到幸福，就算過得幸福也沒關係！」

「……什……什麼……？」

莉璃莉雅一臉完全無法理解的樣子，我再次命令她。

「來吧，請遵從自己的心意！我想讓魯斯看看，坦率面對感情會怎麼樣！」

「原來……如此？」

莉璃莉雅歪著頭，似乎還在思考我這個命令的意思，我先把她放在一邊，轉向卡蘭西亞。

「卡蘭西亞，對不起，剛剛揍了你一拳！你不在乎顏色，愛著莉璃莉雅並追到這裡，我真心覺得太好了！剛剛莉璃莉雅說不想讓你不幸，我想問，你的幸福是在王都和門當戶對的黑髮大小姐結婚嗎？」

「不是的！我不認為那是幸福，所以才來到這裡！除了莉璃莉雅小姐以外的人我都

不喜歡！」

我笑容滿面地看著突然強力反駁的卡蘭西亞。

「沒錯，就是這樣！無論外貌和條件多麼好，和不喜歡的人結婚怎麼可能獲得幸福呢？……所以，莉璃莉雅，希望可以藉由妳接受跟我有同樣想法的人，讓我那膽小的丈夫有契機能夠鼓起勇氣。」

「意思是我接受格拉吉奧斯大人，對艾曼紐大人有利。」

莉璃莉雅小聲地說出這句話，我微笑地點點頭。

「根本再好不過。如果那麼想對我有幫助，能不能放下顧慮和背道而馳的感情，坦率地接受自己的感情，試著面對卡蘭西亞呢？」

「我知道……了。」

莉璃莉雅終於點頭，我輕輕拍了拍她的肩膀後，轉身走向屋裡。

「接下來，莉璃莉雅、卡蘭西亞，我不好意思再繼續打擾你們，就先回去屋裡找我的丈夫了。然後會向我丈夫介紹卡蘭西亞……」

等到要介紹的階段時，卡蘭西亞會依然是向莉璃莉雅求婚的人，還是變成莉璃莉雅的未婚夫呢？

我留下如果是後者我會很開心的言外之意後，就離開了。

「那、那個……」

艾曼紐離開後，氣氛不知道為何變得有點尷尬，卡蘭西亞抱持重新挑戰的心情，硬是擠出聲音。

接著他偷偷看了一眼身旁的莉璃莉雅，發現之前她一直避開的眼神，直接和自己相會了。

莉璃莉雅像是放棄般嘆了口氣，露出放鬆的微笑，卡蘭西亞發現她與之前一味拒絕自己時明顯不同，立即轉到她的正面，單膝下跪。

他輕輕地抬起她那小巧，但並不像外表一樣，其實非常可靠的左手，宛如是在祈禱似的仰望她，並說道：

「雖然之前已經問過好幾次，請讓我再問一遍……莉璃莉雅小姐，妳是否願意和我結婚呢……？」

「在接受這件事前……我可以先確認幾件事嗎？」

接受之前。

是以接受為前提！

意識到這點的卡蘭西亞幾乎跳起來，但他同時也感受到現在才是勝負的關鍵，立即重新整理好心情，用認真的表情點了點頭。

「無論什麼問題我都會回答。」

聽到卡蘭西亞以像個騎士一樣一本正經的態度回應，莉璃莉雅再次嘆了口氣。

「首先是我這個導致親生父親對我感到絕望，繼母疏遠我的顏色，您不介意嗎？要結婚，就必須考慮到家族和後代，這些您知道嗎？魔力少的人類血液會流入家族的血脈中喔？」

莉璃莉雅稍微撥一撥瀏海，展示那淺藍的顏色，接著使出魔法，但出現的水球只有拳頭大而已。

問題不只在於外表。

您真的知道嗎？

為了確認這一點，莉璃莉雅的表情始終都很嚴肅，卡蘭西亞對此爽快地回答：

「並不是什麼大問題，我們家族世世代代比起魔法更重視使劍的能力。像我的魔力量好像很多，但是頭腦跟不上，所以其實並不擅長使用魔法，對我來說，缺乏魔力完全沒問題。而且我們格拉吉奧斯家族的基本原則是，先不論面對一群或是大型魔獸時，如果對手是人，砍殺或是毆打可以更確實地擊潰對方。」

「格拉吉奧斯家不會太野蠻嗎？」

莉璃莉雅忍不住說了這句話，卡蘭西亞露出打從心底覺得自家很奇怪的笑容。

「哈哈，是啊！在面對大型魔獸時，我們家的人基本都是會說出要保護魔法師而跑到前線，直接與敵人交戰的野蠻人。莉璃莉雅小姐是野蠻人首領，也就是我父親最喜歡的弟子，我們大家都舉雙手歡迎妳。」

「我確實……也有感覺到大家的態度。不過，即使不願意，實際上結婚就是兩個家庭的聯合，無論是考慮到實際利益還是從外在的角度來看，在一般家庭用愛灌溉長大，清純的大小姐會更……」

「那些清純的大小姐，難道更適合我們這個『野蠻』的家族嗎？」

卡蘭西亞笑著問道，莉璃莉雅再度嘆了一口氣。

「我並……不認為。可是，結婚後同住在一間房子，每天都會頻繁地見面，對方是醜陋的人應該會很討……」

「不會，我大概知道莉璃莉雅小姐的父母對妳說了什麼，但我和那些傢伙不同。」

「唔……」

卡蘭西亞一口斷定地否認，莉璃莉雅因此語塞。

卡蘭西亞直視沉默不語的莉璃莉雅，用相當認真的表情十分肯定地斷言：

「隨著年齡的增加，無論是誰，外貌都會衰老。如果感情會因此而動搖，就不可能許下永遠愛著對方的誓言吧？會讓妳認為我是用不上不下的覺悟來向妳求婚，我感到很遺憾。我認為，大方地展現自己的顏色，不屈服於魔力不足，一心一意地磨練自身能力的莉璃莉雅小姐，反而比任何人都還要漂亮。」

「被別人說比誰都還要漂亮，會讓我產生一種微妙的心情……」

不知道是不是想遮掩害羞，莉璃莉雅紅著臉低頭反駁，對此卡蘭西亞歪著頭。

「那是什麼意思……啊，是艾曼紐大小姐嗎？」

「是的，這世界上比任何人都漂亮的人是艾曼紐大人。還有，雖然艾曼紐大人並不在意，然而她現在不再是大小姐了，稱她為夫人比較適合。尤其是在老爺面前請多加注意。」

果然是在隱藏自己害羞的樣子吧？

卡蘭西亞對於滔滔不絕故意叉開話題的莉璃莉雅露出微笑，在控制自己的表情後低下頭道歉。

「屢次犯錯真的很抱歉。不過，我說的不是大眾的評價，對我來說莉璃莉雅就是特別漂亮。」

「您的品味與眾不同呢，儘管沒有艾曼紐大人那麼嚴重。」

以冷淡的表情說這番話的莉璃莉雅，現在連脖子都已經紅了。

卡蘭西亞忍不住望著如此可愛的莉璃莉雅，看著她低垂的眼眸突然想起一段往事。

「話說回來，艾曼紐大……艾曼紐夫人似乎很在意眼睛的形狀和睫毛的長度，她曾跟我說，莉璃莉雅小姐的睫毛長到連牙籤都可以放上去。這樣看來，莉璃莉雅小姐的大眼睛，還有在邊緣垂下陰影的眉毛，真的很漂亮……」

「你那奇怪的品味是受到我家主人不好的影響吧……總覺得很抱歉……」

莉璃莉雅低下頭，但這次不是害羞，而是因為打從心底感到抱歉，卡蘭西亞看著這樣的她笑得更燦爛了。

「雖然她本人極力否認，我和艾曼紐夫人姑且算是青梅竹馬，當然會受影響。」

「……明明您連艾曼紐大人對外打造的形象都沒有看穿，感情也沒有好到她願意展現真實一面的程度呢。」

莉璃莉雅不高興地說道，於是卡蘭西亞歪頭。

「抱歉，我說了什麼讓妳感到不愉快……啊，是嫉妒嗎？」

莉璃莉雅的身體一瞬間僵硬了，下一秒便面無表情，用冷淡的聲音抗議。

「我沒有嫉妒。」

「不，妳是嫉妒了。沒關係的，莉璃莉雅小姐確實更了解艾曼紐夫人。正如妳所說的，我根本沒注意到那是她對外建立的形象。」

「……您說的是這方面？」

「嗯？」

「不，沒事。」

卡蘭西亞對著依然面無表情，突然轉移視線的莉璃莉雅嘆了口氣。

「嗯……總之，我不會妨礙莉璃莉雅小姐和艾曼紐夫人之間的感情。我認為妳的忠心是妳最美的地方，我也理解艾曼紐夫人是一位值得效忠一輩子的好主人。」

「……通常對於一起組建家庭的對象，把家外的事情放在首位這件事，不都會覺得反感嗎？即使結婚了，艾曼紐大人依然是我人生中的唯一喔？」

當莉璃莉雅慢慢地提出「希望先確認幾件事」中的疑問之一時，卡蘭西亞輕輕地一笑置之。

「我愛妳，是因為那是妳。而且很不巧的，我們家族裡沒有討厭這點的人。如果家裡有誰因為忠誠心而死，我們會盛大地慶祝他的葬禮。」

由於格拉吉奧斯家族希望維持主從關係，所以沒有領地或是可繼承的爵位，不過，這個家族的人大部分都會因為武功而被持續授予一代限定的騎士爵。

卡蘭西亞在就讀學院期間，作為女神的寵兒夥伴的一員活躍，已獲得騎士爵。

這種隨便一抓都是騎士的古怪家族，其重視忠誠心的程度，根本不會讓人想質疑卡蘭西亞說的話。

「我認為，如果是格拉吉奧斯家族，確實應該會做出這種事，但同時也會擔心，格拉吉奧斯家族這樣真的可以嗎……」

莉璃莉雅深深地嘆了一口氣，卡蘭西亞露出苦笑回應：

「這也沒有辦法，包括父親在內，我們家族都是這種個性。不習慣的人不會嫁到我們家，生在我們家的人，如果不喜歡這個風氣，早早就會離開。在這樣的循環下，其結果造就了無論是誰都很野蠻的格拉吉奧斯家族。」

「我是有哪一點，讓大家覺得能夠適應這個家族呢……」

「只能說，我們全家都很歡迎身為優秀武人的莉璃莉雅小姐。」

卡蘭西亞用爽朗的笑容如此保證，莉璃莉雅放鬆了緊繃的肩膀。

「嗯，就當作是那樣吧。接下來，還有一件事要確認。不管我的外貌如何，但實際年齡比您大上許多，這點您知道吧？無論如何，我都會比您先衰老，轉眼間就會變成老奶奶。」

「如果是莉璃莉雅小姐，就算變成老奶奶，也很可愛吧！而且到時候我的頭髮也會變白，畢竟儘管年紀上有差距，又不是差了一百或兩百歲。」

卡蘭西亞露出直率的笑容如此回應，莉璃莉雅報以柔和的微笑。

「哈哈，聽說艾曼紐大人也說過類似的話。」

「所以邊境伯爵夫妻的年齡也相差許多嗎？如果是貴族間的策略婚姻，有時還會出現相差二十歲的例子。與其相比，我們相差的四歲，難道不是在誤差範圍內嗎？尤其是莉璃莉雅小姐的外觀看起來比我還年輕。」

「真的是笨蛋呢，這怎麼可能是在誤差範圍內。」

莉璃莉雅說的話依然刻薄，臉上卻露出少見的溫柔微笑。

卡蘭西亞從她那放鬆的微笑中獲得勇氣，嘻嘻地笑了。

「莉璃莉雅小姐不就是因為我是笨蛋才覺得可愛嗎？」

「是的，愈傻的孩子愈是可愛得不得了。」

「那真是太好了，妳剛才說還有一件事，所以現在應該沒有讓妳不安的事了吧？」

「是的，我已經很清楚，對於笨蛋和野蠻的貴家族來說，沒有必要認為『我配不上您』這件事。」

「那麼，莉璃莉雅小姐，請再讓我說一次……妳願意和我結婚嗎？」

這是無論在信中、還是面對面，卡蘭西亞一次又一次對莉璃莉雅說的話。

「……如果是在艾曼紐大人他們的結婚典禮之後，我很樂意。」

對於第一次得到的首肯，憨直的騎士露出燦爛的笑容。

他們兩個看起好像很順利。

綜合卡蘭西亞完全把喜悅擺在臉上的燦爛笑容、莉璃莉雅似乎是想隱藏喜悅，在過度遮掩下顯得太過面無表情的樣子，以及兩人走在一起的距離相當貼近，我如此判斷。

之後，莉璃莉雅告訴我，他們已經口頭上訂婚了。不過，每當卡蘭西亞打算說些什麼時，莉璃莉雅都會瞪他一眼要他閉嘴，所以我並不知道他們兩個實際交談的內容。

看來姊姊妻子已經立即掌握主導權，而且卡蘭西亞看起來很高興，他們兩個人應該會相處得很好，希望他們能夠永遠幸福。

話說回來，從聽到卡蘭西亞一直遭拒絕，但鬥志反而燃燒得愈來愈旺時我就覺得，他意外地是受虐狂呢……

當莉璃莉雅用她那絕對零度的淺藍色眼睛瞪我時，我通常都會想哭，然而感覺卡蘭西亞似乎相當迷戀，反而還可能覺得是一種獎勵……？

好吧，也許是因為莉璃莉雅平時不太親切，偶爾展現出的害羞模樣，讓卡蘭西亞覺得可愛到不行吧。

莉璃莉雅之前一直固執地稱呼他的姓氏格拉吉奧斯大人，但現在卻叫他的名字卡蘭西亞，總覺得看到了一點害羞的影子。

在別人面前不留情面，反倒顯得可愛。

我就這樣帶著姨母笑觀察他們兩個，直到卡蘭西亞叫我的名字。

「莉璃莉雅小姐已經和親生父母正式斷絕關係，若是那樣，結婚應該是要得到身為雇主的艾曼紐夫人許可對吧……」

「等一下！」

「嗯？啊，我應該先確認她現在是受僱於貝特利公爵家還是桑托里納伯爵家呢？」

突然被我打斷的卡蘭西亞這麼詢問，但問題不在這裡！

「莉璃莉雅現在是我的專屬侍女，工資也是用我的個人資產來支付。不過，我認為結婚不需要雇主的同意，而且如果對象是卡蘭西亞，我舉雙手贊成。只是我的父母，尤其是母親非常疼愛莉璃莉雅，你們應該去打聲招呼比較好。」

「我原本就打算去一趟。話說回來，剛剛就想說了，是公爵夫人告訴我莉璃莉雅去了哪裡，她當時還說：『努力抓住莉璃莉雅吧！』雖然基本上已經得到同意，還是得去打聲招呼。」

「嗯哼，卡蘭西亞出乎意料地事前工作做得很好呢！如果母親站在你這裡，那就更沒問題了，至於莉璃莉雅出生的家庭就不用管了。不對，我不是要說這個……你剛才叫我什麼？」

我拉回已經跑遠的話題，問了這個問題，卡蘭西亞疑惑地歪頭。

「……嗯？艾曼紐夫人……」

「不可以那樣稱呼吧！」

我一臉嚴肅地立即否定後，卡蘭西亞則是愈來愈困惑。

「那個，我認為稱呼已婚者為『大小姐』有失禮儀……還是我應該稱呼為桑托里納伯爵夫人？」

「你不必這麼正式，但是不可以在艾曼紐後面加上夫人！你想想，『艾曼紐夫人』那個……聽起來就不行吧！」

「我不知道為什麼不行……」

「媽的！在這個世界是行不通的嗎……！」

我不禁抱著頭罵了髒話，卡蘭西亞和莉璃莉雅不知所措地交換了眼神，一臉困惑地歪著頭。

原來如此……

在這個世界裡「艾曼紐夫人（註：與法國軟調情色電影同名）」並沒有什麼特別的意義嗎？

如果對方是現代的地球人，就會說「我知道，是那個有名的古老故事，如果不知道就自己上網搜尋，小心不要被人發現」……

「抱歉，我一度失去理智說了髒話。那個……艾曼紐夫人這個稱呼應該說不吉利，還是說感覺各種沉重……」

「您的意思是，感覺好像一下就變老了？」

正當我也不知道自己在說什麼，只是一直努力地在找藉口時，莉璃莉雅開口說了這句話。

「對！沒錯！就是妳說的那樣！啊！當然不是對跟魯斯結婚有什麼不滿，被稱為夫人我很開心，但以我現在的樣子，感覺還不適合那麼穩重的稱呼？」

「嗯？我是不知道您所說的樣子是什麼……若是那樣，艾曼紐大人覺得卡蘭西亞應該怎麼稱呼您呢？」

聽到莉璃莉雅的詢問，我想了想。

呃，應該要叫什麼呢？

卡蘭西亞跟我的關係沒有像朋友一樣那麼親近，但也不像單純認識的人那樣那麼遙遠，維持一種適當的距離。

以上下關係來說，幾乎是平等的。我們不僅同年齡，以前還是侍奉王太子殿下的同事關係。

因此就我來說，直接稱呼名字也沒關係。但是以前他曾經直截了當地拒絕我：「比起家族地位，我比較在乎妳是莉璃莉雅雇主這件事，怎麼可能直呼妳的名字。」

而且我還是已婚者，那……

「……艾曼夫人……之類的？你們想，用暱稱來緩和『夫人』這個稱呼顯露出的厚重感……」

「雖然我不太清楚這兩者之間的細微差異……總之如果是妳希望的，今後就稱呼妳為艾曼夫人。接下來，艾曼夫人，我會去貝特利公爵家打個招呼……」

卡蘭西亞一邊說著不太清楚，一邊又爽快地點點頭，並向我講述今後與莉璃莉雅結婚的規劃。

總之我避開了「艾曼紐夫人」這個稱呼，一心思考著今後要如何避開關於稱呼帶來的意外陷阱，完全沒有在聽卡蘭西亞和莉璃莉雅在談論什麼。

我完全忘記，卡蘭西亞之所以被誤會是我從王都追來這裡的情人，就是因為這個原

第六章 不速之客

這是騎士卡蘭西亞．格拉吉奧斯來到桑托里納邊境伯爵領地一週後的夏日午後。

據說桑托里納家靠近國境的宅邸，過去曾作為前線基地使用，不過因為現在與鄰國的關係良好，目前主要用來當作討伐魔獸的據點。而魯斯現在就位於這個宅邸裡的某個房間。

旁邊只有帶著本宅的工作追過來的老管家一人。

「……所以，為什麼魯斯大人要這麼偷偷摸摸地躲著夫人呢？」

重要的工作基本上都完成後，老管家露出無奈的表情單刀直入地詢問，魯斯頓時綳著臉，轉移視線。

「我沒有在躲，只是最近這一帶的魔獸愈來愈活躍。大概是王都的守護龍重新取回力量，魔獸都被趕到其力量難以到達的地方。所以我才把據點移動到這裡，確認討伐的情況……」

「雖然的確有這個趨勢，但應該尚未達到需要您親自處理的地步。」

老管家語重心長地打斷魯斯說的話，魯斯一副愈來愈窘迫的樣子，一言不發。

看見低著頭的主人，老管家嘆了一口氣後詢問：

「真是的，您不就是嫉妒嗎？不想看到夫人與那位騎士站在一起的樣子？但是，我不是已經跟您說過很多次，那位騎士不是夫人的情人，是夫人的侍女莉璃莉雅小姐的未婚夫。」

「嗯，艾曼紐在信裡也是這麼寫的，我已不再懷疑他們的關係。艾曼紐本來就不是像我這種人可以獨占的存在。而且本來就知道，即便他真的是艾曼紐的情人，我也沒有嫉妒的權力。」

老管家懷疑地瞪著平靜承認的魯斯，用強硬的聲音進一步追問：

「如果是這樣，那您有什麼不滿的呢？夫人真的很可憐，遭到魯斯大人拒絕後，就一直很消沉，別說是格拉吉奧斯大人了，夫人任何人都不見，整天關在房裡。」

「……我知道那是誤會……但是看到他們兩個站在一起的樣子，看到他一派輕鬆地喚她『艾曼』的那一瞬間……我切身地感受到很登對，像他那樣的人才配得上她。」

沉默一會兒後，魯斯用平靜的聲音回答，老管家則是心酸地看著他。

「我知道，在這個國家，擁有和我同等或超過我地位和財力的人並不多……但是還是有許多比我還優秀的人，也會受她吸引吧。」

魯斯用眼神制止打算反駁的老管家，以陰沉的表情接著說：

「艾曼紐說她並不在意顏色，但考慮到周圍的人和後代子孫，沒有什麼比外貌更重要，這難道不是事實嗎？像我這樣的人站在她身邊只會帶來負面效果。適合她並能夠帶給她幸福的，是一個包括外貌各方面都很優秀的人……」

「請不要擅自判斷艾曼紐大人的幸福。」

門在剎那間，「砰」的一聲打開，莉璃莉雅打斷魯斯的話。

她身後跟著一臉不知所措的卡蘭西亞。

魯斯用眼神向老管家詢問：「為什麼不該在這裡的人會出現？」老管家一副泰然自若地回答：

「他們提議想為引起誤會這件事道歉，我就帶他們過來了。魯斯大人以『這裡很危險，絕對不可以讓艾曼紐過來』的理由嚴令禁止艾曼紐大人過來，但並沒有提及這兩位。」

「同時也想為偷聽兩位說話一事表示歉意。」

莉璃莉雅用完全感受不到一絲歉意的冷淡聲音說出這句話後深深地鞠躬，卡蘭西亞也跟著低下頭。

「非常抱歉，我做了非常輕率的行為。只想著在莉璃莉雅逃走前找到她，在尚未向領主致意前，就謠傳成我是為了夫人才趕過來……」

「不必道歉，剛才我也沒有特別屏退旁人。而且現在你們兩個站在一起的樣子，可以看出你們才是彼此心意相通的人。」

聽到魯斯這麼說後，原本視線稍微往上的莉璃莉雅和卡蘭西亞直接就這樣抬頭。

「應該說，就算格拉吉奧斯先生是她的情人……」

「請您不要這麼說，這是不可能的事情。」

卡蘭西亞用打從心底感到厭惡的聲音打斷魯斯的話，魯斯不高興地皺眉。

「你這是對艾曼紐的汙辱嗎？像她這樣善良美麗，極具魅力的人，被視為是她的情人，你應該沒有理由如此厭惡。」

「這人好麻煩啊…………啊！沒事，我沒說什麼。這不是美不美麗的問題，作為有夫之婦的情人，並不光彩吧？而且除了莉璃莉雅小姐以外，我對任何人都不感興趣。」

「卡蘭西亞的品味相當差。」

「真是遺憾，不只是我，我們格拉吉奧斯家族的所有人，比起那些就算用盡全力毆打下巴也無法搖晃對方腦袋，手無縛雞之力的貴夫人，更看重莉璃莉雅小姐。而且我還是在看著妳努力不懈的過程中，愛上妳的。」

「……您連大腦都是肌肉做的吧？總之，這不是艾曼紐大人的魅力問題，而是在於品味不正常的問題。」

「才沒那種事……不過沒關係。總之我想說的是，除了自己的未婚妻以外，我並不想被認為是其他人的情人。」

儘管莉璃莉雅時不時地插嘴，卡蘭西亞還是向魯斯說出了他的想法。

魯斯放緩表情，點了點頭。

「嗯，反而是我對不起你，就算是假設，也說了非常失禮的話。你們……真的是心意相通呢。」

如此說道的魯斯以覺得他們很耀眼的眼神，看著對話相當有默契的莉璃莉雅和卡蘭西亞。

莉璃莉雅對於這種視線似乎感到不適，臉頰稍微泛紅的同時，她張開那張艾曼紐評價為「明明看起來粉粉的小巧可愛，說出口的話卻都很尖酸刻薄」的嘴。

「這人就是被我少女的外貌迷住的變態，他愛的是我這個人，對其他人都沒興趣，甚至寧願放棄近衛騎士的地位追到這裡。」

「才、才不是被妳的外貌迷住……！不對……似乎有？事實上，我認為沒有比莉璃莉雅小姐更有魅力的人了…………也不是，除了莉璃莉雅小姐以外，我對於擁有少女外貌的人或少女都沒有興趣……」

莉璃莉雅無視在一旁陷入思考喃喃自語的卡蘭西亞，繼續說道：

「對這傢伙來說，與其作為近衛騎士在王都過著顯赫的生活，並與這個地位帶來的美麗大小姐結緣……不如和我這種人在一起更加幸福，所以才會追來這裡。他不是追著艾曼紐大人或是別人，而是追著我。」

「是的，我的幸福是和莉璃莉雅小姐在一起。」

「請去那邊再想一想，變態。」

也許是為了掩飾自己的害羞，莉璃莉雅用過於冷淡的眼神和尖酸刻薄的話，打斷突然插進來的卡蘭西亞，接著她清了清嗓子，直視魯斯。

「……失禮了。我想說的是，艾曼紐大人也是一樣的。那位對一般人所謂的幸福不感興趣，若是真的感興趣，即便是使用公爵家的權力、威脅國王，或是與您成為表面夫妻利用您，只要是那位，不管是什麼樣的幸福她都能夠信手拈來吧？」

「正因為如此，我才覺得自己應該待在這裡，以免妨礙她……」

「或許可以因此得到世間客觀、易懂的幸福，但如果無心將其視為幸福，那就毫無意義可言。至少，那並不是艾曼紐大人所要的。否則，她就不會因為您不在就變得那麼憔悴，我們也不會因為看不下去而做出這種行為。」

莉璃莉雅打斷魯斯的話，如此肯定地說道。

親眼目睹艾曼紐那個樣子的卡蘭西亞和老管家，都像是認同這點般認真地點頭。

面對開始思考的魯斯，莉璃莉雅平靜地強調。

「正如大家所知的，艾曼紐大人不僅美貌和魔力兼具，血統、受的教育、人品也無懈可擊。再加上王室和女神的寵兒也都欠她人情，不管她想要什麼樣的幸福，都能夠獲得吧？沒有必要特地嫁來邊境，但她選擇了您，想要您。對艾曼紐大人來說，與您在一起就是她的幸福。」

魯斯似乎想不出可以反駁的話，沉默不語，但迷茫的眼睛裡卻帶著希望。老管家看著這樣的魯斯微笑地說：

「老實說，自從遇到夫人後，儘管並沒有特別喜歡神殿，不過我認為神殿將愛放在首位，重視內心幸福的態度並不壞。心是屬於自己的，無論誰說什麼都不能改變。您何不相信夫人的愛呢？而且魯斯大人本來的夙願不就是，不管發生什麼事都要實現夫人的心願嗎？」

「管家先生，不管發生什麼事情這種事，反而會讓人無法信任不是嗎？不過，在受到世間非難的過程中，我認為決心可能會動搖……」

對於莉璃莉雅是以淺色的醜女卻牽著美麗之人的角度來切入，卡蘭西亞不滿地嘛著嘴，但莉璃莉雅對此露出微笑，並接著說：

「但是，假設有一天卡蘭西亞變心了，我現在感受到的幸福也不會改變。像我們這種人，光是能夠留下美好回憶就已經足夠了。邊境伯爵大人也是，不要再猶豫不決，儘快放棄現在的想法，盡情地享受現在的幸福會比較好喔。」

「我已發誓要永遠愛著莉璃莉雅……不對，因為騎士這個職務的緣故，不能否認會有早逝的可能……不管怎麼說，逃避現在的幸福是很可惜的，我也認為要正面地接受，並好好享受比較好。」

卡蘭西亞後半部是對著魯斯說，魯斯聽到後終於露出輕鬆愉快的笑容，點了點頭。

「……是啊，你們說得沒錯……請幫我轉告艾曼紐，我明天就會回去。」

魯斯望著胸口艾曼紐送的黑蛋白石，像是在對本人細語般說道。老管家、莉璃莉雅和卡蘭西亞聽到他終於說出積極向前的話後鬆了一口氣，點點頭。

不過，再也沒有人能夠把這句話傳達給艾曼紐。

「記得在傍晚四點左右，艾曼紐大人來到房間外的走廊，告訴等候在那裡的我們她不需要吃晚餐。詢問了身體狀況，她表示：『只是午餐稍微吃太多而已。』待我一答應，她就回房間了，所以我確定到那時為止，她都安然無恙。」

「那天莉璃莉雅小姐尚未回來，艾曼紐大人要求暫時不想讓其他人進房間，所以我們不知道之後房間裡發生了什麼事。不過，沒有外人闖進宅邸的痕跡，更遑論夫人的房間位於宅邸的最深處。」

「我們護衛一直輪流守在門外，院子也有警衛在巡邏。我當時就在門外，大概兩、三點左右，不知道為什麼突然有種不好的預感，感覺好像太過安靜。我曾在門口喊了一聲夫人，沒有得到回應，於是我用力敲了敲門，但完全沒有發出聲音，因此確定有人用了遮蔽聲音的魔法。」

「考慮到可能是夫人為了睡個好覺而施法，我們兩個女僕是最先進入房間的，一進門後，發現艾曼紐大人趴在地上，渾身是血，昏迷不醒。」

「當時引起了一陣騷動，仔細查看後，夫人並沒有外傷，看起來只是睡著了。不過當時我似乎看到夫人身上帶著粉紅色的光輝，開燈的瞬間就消失了，別人都說沒有看見……是不是我看錯了呢……」

「騎士中有會治療魔法的人，我們急忙叫他過來，隨後又請神殿派一位高級神官來查看夫人的情況。不過，兩位都說夫人的身體沒有問題，只是睡著了。可是，無論我們怎麼喊，她都沒有醒過來。」

聽到艾曼紐昏倒的消息後，魯斯獨自在深夜策馬狂奔，以些微的差距超過老管家、莉璃莉雅與卡蘭西亞乘坐的馬車。

在艾曼紐失去意識的隔天，大家聚在宅邸中，因為艾曼紐房間血跡斑斑，加上侍從破門而入，導致門鎖無法使用，所以將艾曼紐移到魯斯的房間。

魯斯收到宅邸內部彙總的報告後，一臉沉痛地與其他三人共享及整理情報。

「恐怕艾曼紐大人已經死過一次。從洋裝和房間裡的血跡來看，她脖子上最粗的血管被割斷過。」

艾曼紐大人已經死過一次。

聽到莉璃莉雅得出的驚人結論，其餘三人震驚不已。

但這與沉睡中的艾曼紐身上沒有外傷這一事實相互矛盾，魯斯臉色蒼白地詢問：

「她現在身上看起來沒有傷口，所以意思是艾曼紐治療了自己嗎？」

「不是的，剛剛也有說到目擊粉紅色光芒的情報，那個粉紅色姑娘，失禮了，是蒂魯娜・拉克斯珀男爵千金……啊，為了和王太子結婚，現在好像成為某位侯爵家的養女了？這不重要，總之我認為是女神的寵兒給的祝福發動了。」

「祝福是……？」

「啊，卡蘭西亞不知道嗎？艾曼紐大人受到祝福，即便殺了她也不會死，還會自動恢復。現在是處於為了讓身體恢復的沉睡狀態。」

聽到莉璃莉雅的話，先前已經得知這件事，但因為缺乏信仰，不太相信的魯斯和老管家，以及第一次聽說的卡蘭西亞，同時發出感嘆和放心的嘆息聲。

「但是，如果放任不管是不會恢復意識的，必須有相愛之人的吻。」

接著，莉璃莉雅一邊直視與艾曼紐相愛的魯斯，一邊十分肯定地說道。

魯斯立即轉移視線，不肯罷休地問道：

「我確實是這樣聽說的……但那是真的嗎？親吻失去意識的人，並不能說是紳士的行為。在不確定的情況下進行不太好……應該說太過超出常理……」

「粉紅色光芒消失，大概早已完全恢復了，然而艾曼紐大人依舊沒有恢復意識，整體情況就如同聽說的那樣。而且粉紅色姑娘信奉的主人本來就是愛之女神喔？無論是她還是與其相關的人遇到問題，都是用『愛之力』來解決。依照女神的說法：『復活在沒有相愛之人的世界還有什麼意義。』」

「這確實符合愛之女神的邏輯……！」

面對魯斯抱著頭如此譏諷，莉璃莉雅嗤之以鼻。

「艾曼紐大人也說過同樣的話。接下來因為這個原因，雖然希望邊境伯爵大人可以立即親吻艾曼紐大人……」

魯斯吃驚地看著說到這裡的莉璃莉雅，莉璃莉雅則看著這樣的魯斯嘆了口氣。

「首先，必須調查一下艾曼紐大人為什麼會陷入這個狀態吧？艾曼紐大人是被什麼人襲擊……或者是企圖自殺？如果在不知道原因的情況下就馬上喚醒她，真的正確嗎？不對，我們甚至不知道是否真的能夠喚醒她。」

莉璃莉雅嚴厲的言論，讓現場的空氣凝結。

她對此毫不介意，繼續平淡地進行猜測。

「假如是自殺，我只能想到是對邊境伯爵的愛感到絕望，那份愛情可能已經破碎，若是這樣，您就無法順利喚醒艾曼紐大人。」

「怎、怎麼會……」

莉璃莉雅盯著臉色蒼白的魯斯繼續說道：

「明明早點放棄原本的想法就好了。嗯……愛之女神所說的愛，也有可能是家人之間的愛。我認為最好讓公爵夫人來一趟，以因應您的吻沒有效果的情況。」

莉璃莉雅突然將視線從低著頭啞口無言的魯斯身上移開，換盯著卡蘭西亞。

「卡蘭西亞，趕緊聯繫公爵家的人。如果艾曼紐大人的死因是外來的敵人所致，若是讓他們知道人還活著就糟了。您擁有許多用不到的魔力，應該能夠輕易地做到一邊掩人耳目一邊發送信件的程度吧？」

接到指示後，卡蘭西亞點點頭，並開始撰寫要給公爵夫人的信。

「魯斯大人，現在不是絕望的時候，請打起精神。如果是外敵所為，就必須迅速抓住罪魁禍首。這是在魯斯大人和莉璃莉雅小姐您們兩位最具有實力的人不在時發生的事件。雖然不想認為是警衛上出現疏漏，也不能完全否定不具有這樣的可能性。」

老管家設法鼓勵魯斯，莉璃莉雅卻露出諷刺的笑容。

「艾曼紐大人的房間裡沒發現有人闖入的痕跡，加上外面還有護衛，那還有什麼辦法可以不被察覺就進入那個房間呢？」

「那個……」

「有。」

「什麼？有辦法嗎？」

魯斯接在無話可說的老管家之後肯定地說道，莉璃莉雅驚訝地眨了眨眼睛。

「艾曼紐使用的是這個宅邸的主臥室，是歷代邊境伯爵夫婦的房間。裡面有一條暗道以因應緊急狀況。只要走那條路，就能夠神不知鬼不覺地進入艾曼紐的房間。」

「您、您說得是，但那個暗道的存在本身很隱密，無論是路線還是打開的資格，都只有歷代家主夫妻……」

老管家像是要阻止魯斯透露更多訊息般反駁道。

但是魯斯反而打斷他的話，繼續說：

「你說得沒錯，也就是說，現在還活著的人中，有我、父親、艾曼紐以及……我的母親。」

「怎麼可能，前代夫人已經和這個家族斷絕關係了！當然也已經消除您父親的魔力登記……」

「我也是這麼想的。但她確實知道這條路，而且這麼討厭這個家的母親是否真的永遠不會回來呢……還是說，父親希望她總有一天能回到這裡，所以一直開著權限呢？我無法否定這個可能性。」

「即便這麼說……」

老管家還想繼續反駁，莉璃莉雅則是拍拍他的肩膀，並直直看向魯斯。

「先不論魔力登錄的問題，我們也不知道您的母親是否會做這種事。總之，只要有路，就有可能用武力突破。所以現在是不是應該先確認是否有人使用了這條通道？」

「妳說得沒錯，或許還留有什麼痕跡也說不定，先調查艾曼紐的房間吧。」

「……若是這樣，我去通道的出口處確認。」

「請讓我隨您去艾曼紐大人的房間，畢竟我最清楚私人物品是否有被移動。卡蘭西亞，您留在這裡繼續聯繫公爵夫人。務必用您的命守護好艾曼紐大人。」

在與老管家一起追上已經站起來行動的魯斯時，莉璃莉雅如此吩咐卡蘭西亞。

留下因為莉璃莉雅信任地將無比敬愛的主人交給自己而深受感動的卡蘭西亞，與依然正在沉睡的艾曼紐，其他三人各自前往調查。

嗯～其實我不是自殺……

正如魯斯大人所說，有人從暗道闖進來打算殺了我。

我一如既往地愛著魯斯大人，他如果立即吻我，就會醒來。

若是那樣，我也能夠指認出凶手呢……

應該會……醒來吧？魯斯大人愛著我……吧？

卡蘭西亞和莉璃莉雅是否已經順利解開魯斯大人對我的誤會了呢……

不對，即便解開了誤會，也不會改變我過去輕率的言行，讓魯斯大人受到極大傷害的事實。我甚至還沒辦法親自對他道歉。

也許他已經不喜歡我了。

那麼，我……原來就像女神大人所想的那樣，復活在沒有相愛之人的世界根本沒有意義……與其期待母親的家人之愛，不如想著如果他的吻沒有用就算了。

不過，莉璃莉雅和魯斯大人自己都沒有特別質疑魯斯大人的愛，我相信沒問題的。

無論如何，現在我會相信並等待他，其實也只能等待。

我──艾曼紐，現在處於一種詭異的假死狀態，身體明明還在沉睡，但意識已經恢復。於是開始回想造成這種情況的原因，也就是昨天半夜差點被殺死的事情。

我在告知不用晚餐後，回到自己的房間在沙發上發呆，連衣服都忘記換，似乎就這樣睡著了。

等我驚醒時，已經是深夜。

房間裡的煤油燈不知道在什麼時候熄滅，可能是燃料用完了。當我在漆黑的房間裡伸展僵硬的身體時，他們來了。

在魯斯大人展示過一次暗道後，由於都沒有用過，我甚至一度忘記其存在。

作為鑰匙的壁飾發出光芒，旁邊的牆壁悄聲無息地移動，出現足以讓一個人通過的縫隙。

下一刻，大概是魔法或是魔法道具產生的煙從通道湧進房間裡，在房裡擴散。

那是會讓人頭暈目眩並失去意識的氣味，我能感覺到濃烈的闇魔力。

我反射性地試圖築起屏障防衛，不過剛睡醒還不清醒的大腦，以及最近幾天愈來愈虛弱的身體卻不聽使喚。

啊，完全不行，就算憋氣，碰到這個煙霧的手腳也會失去力氣。

「嗚……唔……！」

儘管如此，我還是設法做出小小抵抗，加上體內豐沛的高魔力自動展開防禦，勉強成功保持意識。

然而，我的手腳都已經失去力氣，再次陷入沙發中。

面對突如其來的異常狀況而感到焦急的我，瞄到那陣煙霧像是溶解般慢慢地消失。

喀擦！

我聽到硬質的鞋子發出刺耳的聲音，接著是好幾個人蹣手蹣腳的腳步聲。

有人，甚至還是好幾個人來到這個房間，他們利用應該只有歷代當家夫婦才能使用的暗道來到這個房間。

最後出現了四、五……？站在我能看見的範圍內有五個人，每個都是高大健壯的身材，但不能斷定都是男性。那是一個穿著難以看清身體線條的長袍，整張臉都遮住的集團。領頭的人拿著一盞燈。

站在這個集團中間，像是受到保護的人身穿暴露的華麗洋裝，腳蹬著八成是剛剛鞋聲來源的高跟鞋——

「嗚哇！長得也太漂亮了！是好萊塢女星嗎？」

看到那位女性的瞬間，似乎是因為腦中正想著各種事情，我混亂地將腦中浮現的話直接說出口。

知道不該把前世的知識說出口的常識，以及長久以來披著良好形象的公爵千金氣質都消失殆盡。

「什麼？這傢伙在說什麼？她為什麼可以說話？」

站在中間的女性焦急地喊著，並踢了站在前面那個人的腳。

被踢的人急忙點頭哈腰，卻低頭不語，周圍的人也保持沉默，或許是在防備我聽到他們的聲音。

儘管如此，這個美女美到即使被她踢也算是一種獎勵的程度。

年齡大約三十幾歲，可能是四十歲左右，四肢修長，頭髮是紫色，眼睛是深藍色。

明明穿戴著看起來低廉華麗的衣服和裝飾品，她那充滿魄力的風采，以及讓人嘆為觀止的長相，讓這些俗物發揮襯托出她美貌的功能。

雖然她略微帶點虐待狂的氣質，難道這就是反派角色的魅力嗎？

不對，現在不是被迷住的時候，對方大概是對我有敵意的入侵者。

「我擅長闇魔法，在面對等級更高的人，魔法應該很難施展成功吧？」

「嘖！真是個討人厭的女人。」

我打起精神，重新拾起形象，為了不讓對方發現我已經被打倒，只好從容地出言挑釁，美女打從心底感到厭惡地咂嘴。

「我確定自己從未見過妳……但我們過去有過什麼關係嗎？」

我們絕對沒關係，這種美女哪怕只見過一次我也不會忘記。

我一邊想著，一邊謹慎地詢問，美女則是哼了一聲。

「並不是直接認識的關係，妳好像非常疼愛我過去留下的汙點。」

「過去的汙點……？」

對於如此模糊的表達方式，我疑惑地歪頭。她像是非常忌諱般的瞪著眼，一副輕蔑的樣子說道：

「這樣說吧！這裡原本是我的房間，我很久以前就離開了，但是『道路』一樣能使用呢！」

「難、難道您就是義母大人……嗎？」

「我可沒有那個名分讓妳稱我為母親。」

哎呀！她說了真像個婆婆會說的話，不對，本來就是婆婆吧？這位美女應該就是魯斯大人的親生母親，是上代邊境伯爵的前妻。

光靠之前的情報，本來想叫她臭老太婆，但因為那張讓人覺得果然是魯斯大人的母親才會有的極品美貌，才會下意識叫她義母大人……

仔細想想，她頭髮的紫色並不深，從這個世界的審美觀來看，猜測她的外貌只到還不錯的程度，而且是能夠操縱水和火的魔法師。但她長這樣，我沒勇氣叫她臭老太婆。

從魯斯大人的年齡來推算，她很有可能已經超過四十歲，不過就算要我說謊，也說不出老太婆這三個字。

「嗯，雖然不想承認，但我確實是那個失敗作——沒有顏色的邊境伯爵的母親。」

然而，她說出口的話毫無疑問就是個臭老太婆。

「一個身為母親的人，竟然會將自己生出的可愛孩子稱為失敗作……真是讓人打從心底瞧不起。」

我狠狠地瞪著她說道，美女則是嗤之以鼻。

「我的父母為了金錢和權力將我獻給那個人，我一點都不愛他，只覺得噁心，當然了，與他生下的孩子也不是我想要的。」

「對貴族子女來說，策略婚姻是很常見的事情。我認為，無論對方是什麼樣的人，都應該懷著敬意培養感情，建立作為夥伴相互支持的關係。」

「啊～啊～完全就是個優等生的發言，所以我才這麼討厭妳。不愧是能夠和那種人相處良好的人。」

她打從心底感到厭惡地說出這句話，我直截了當地反駁：

「不對，我和魯斯之間的關係不是義務或是束縛，我只是因為愛他才結婚的。」

身為王太子殿下的未婚妻時，我的想法就像她剛剛說的，即便雙方之間沒有情愫，也打算將侍奉他當作應盡的義務。

「妳、妳的品味相當特別呢。你們是真的像城裡的人謠傳的那樣相親相愛……？話說回來，妳剛剛不也說我很漂亮嗎……？」

面對我不帶一絲虛假的眼神，美女像是嚇了一跳般露出僵硬的笑容。

「是的，我認為您是個美人。雖然個性很糟，但擁有足以將這點轉換為危險魅力的完美外貌和身材。」

「……這、這傢伙是怎麼回事？由我自己來說是滿悲傷的，但怎麼看我的外貌都很平庸……被妳這種擁有完美相貌的人讚美，只會覺得是挖苦……」

難得得到這麼率直的稱讚，美女反而感到莫名的害怕，後退了一步。

就像是在支撐她的後背，人群中有一個人輕輕地將手撐在她背後。

她像是要重新打起精神搖了搖頭，挺直腰桿問我。

「算了，妳奇怪的品味不是重點，總之，我不能讓願意與那個人結婚的人活著……姑且問一下，就算是在我的介紹下，妳也不打算和其他更體面的對象，例如黑髮的近衛騎士遠走高飛對吧？」

「沒有，我已經向魯斯發誓永遠不變的愛。」

「……是嗎，真是遺憾。」

在美女聽到我的回答，喃喃自語的瞬間，集團中間射出了火焰之箭。

「為什麼我不可以活著？您是想要回到這個宅邸、這個房間嗎？應該不是吧？」

「為什麼這個距離會打不到？我回這個家？別開玩笑了！」

「我可是擁有這個顏色喔？怎麼可能做不到奪取等級較低的魔法師的魔法並使其失效。如果不想回到這個家，那為何要除掉我？明明已經跟這個家沒關係了不是嗎？」

我一邊躲過接二連三的攻擊，一邊問她。

「『那個』啊，是個沒用的廢物，唯獨最會的就是賺錢。因為這裡的領主對付的大型魔獸都能夠用高價售出。『那個』的父親，也是只會賺錢而已。不過，『那個』肯定一輩子都不會結婚生子，哪天就會在體力不支時死於意外事故。那麼『那個』累積的財富不就是我這個母親的嗎？」

「這片領地確實危險重重，但我絕對不會讓魯斯早逝，我們會守護他。而妳卻是想著要比孩子還長壽？」

我對如此自私的言論感到荒謬，嘆了一口氣如此問她。

這位美女的長相年輕到說是和魯斯同齡也不會有人懷疑，但是實際上的年齡並非如此。她竟然想比孩子活得還要久……

然而，對於我荒謬的視線，她露出勝利的笑容。

「我啊，有一個和真正相愛的人生的孩子。對『那個』來說是同母異父的弟弟。如果『那個』在單身的情況下死亡，我的孩子有權繼承他的財產。所以才覺得困擾呢！竟然有一個能夠接受『那個』的妻子，更不用說你們有了孩子之後，真是最糟的情況。」

「哦，原來如此啊……」

「知道了就儘快放棄吧！從剛才妳就沒有反擊，看樣子能動的只有那張嘴而已。怎麼可能贏得了這麼多人！」

被發現了啊……

她說得沒錯，我已經試了很多次，但是手腳整個麻痺，完全動不了。魔法目前還能夠防禦，然而不知道能夠維持多久。更遑論遭到刀劍刺傷，我完全不覺得自己能從這些人手中活下來。

明明從剛剛開始就如此吵鬧，守在門外的護衛卻沒有任何要破門而入的跡象，大概他們也有應付那邊的策略。

恐怕他們是在精心計劃後才行動，我確實沒有勝算。

「夠了……」

不久後，美女說了這句話，阻止那些人繼續發射魔法。她從裙子的開叉中伸出修長的腳，纏在美女大腿上的皮套裡，有著意外粗俗的凶器——刀子。

當她拿著那把刀走向我時，我試圖想扭動身體逃跑，但身體仍然無法動彈，反而就這樣滑落到地板上。

我側身躺在地板上，眼前剛好是我的左手，無名指上閃爍的光輝是「永恆愛情的象徵」。

是啊，只要我們能夠相愛就好。

「哦，果然動不了……放心，我會給漂亮到令人討厭的妳一個痛快。」

如此說道的她露出殘忍的笑容踢了我一下，將我的身體朝上。我覺得至少可以給她一記攻擊魔法。

但是不知道其他五人的實力，而且也許她還有做好其他準備。

所以決定接受那把筆直揮下來的刀。

相信蒂魯娜、愛之女神大人，以及最重要的，送我這枚戒指的他會讓我醒過來。

我將保存的魔力變成一個小小的詛咒，對眼前的她施展。

「妳才是美到讓人生氣，臭老太婆！從之前就想說，見到妳一定要做些什麼！」

本來打算說這句話，然而因為喉嚨遭到切開，無法說出口。

發生事件的隔天，艾曼紐的房間。

在屏退清掃人員後開始進行調查。

「……事到如今才問有點奇怪，但這個暗道，讓我看到沒問題嗎？」

「莉璃莉雅小姐是艾曼紐最信任的人，當然沒問題……果然最近有人經過這裡，所以才封鎖起來啊……總覺得是有什麼打算。況且，現在再多一個知情人士，也不會有什麼影響。」

「原來如此，那麼我就不再顧慮了。確實……腳印這麼多……從大小來看是成年男性，也有女性呢……？」

「沒錯，這附近看起來像是細跟鞋的痕跡。總之，可以說艾曼紐自殺的可能性幾乎低到不可能。」

魯斯打開的祕密通道入口。

平時不為人知，無人使用的地板堆滿了灰塵，上面清晰地留有許多人的腳印。

莉璃莉雅和魯斯看著這些腳印，進行了上述的對話。

莉璃莉雅盯著這些恐怕是試圖殺死艾曼紐的人所留下的腳印，一如往常的面無表情，輕輕地開口：

「……接下來要怎麼做呢？」

「總之，不能那麼簡單地殺掉他們。」

莉璃莉雅和魯斯以極度冷靜的語氣說著相當危險的話，他們很快地將視線從腳印上移開，交換了一個眼神，相互點頭。

「艾曼紐大人應該會說交給司法來審判……」

「嗯，那樣也不錯不是嗎？」

莉璃莉雅一副立刻可以和傷害艾曼紐的人大打一架的姿態，看著這樣的她，魯斯乾脆地認同。

「啊？連邊境伯爵大人都那麼溫和嗎……？」

莉璃莉雅難以置信地盯著魯斯。

「是嗎？丈夫是身為邊境伯爵的我、父親是公爵大人，還有國王、王太子和女神的寵兒都欠她人情。如果將凶手交給由如此珍視她的人們為中樞的國家法律來審判……」

莉璃莉雅從冷淡回答的魯斯眼神中，看到與自己相同甚至更多的憤怒和堅定，在讀懂魯斯的話中話後，滿意地點點頭。

「說得也是，不能造成受害者心理上的負擔，還是交給國家吧……雖然不知道在艾曼紐大人不知情的情況下是否會發生什麼意外或失誤，不過那種事誰也不能肯定。」

聽到莉璃莉雅後半段低聲補充的話，魯斯也點點頭。

「既然已經查明有人使用過這條路，那就有足夠的理由和所有知道這個地方的人談談，首先是……」

「請稍等一下，邊境伯爵大人，有什麼東西過來了。」

「……唔！」

莉璃莉雅最先察覺到有什麼正在靠近的聲音，她打斷魯斯的話，提出警告。魯斯在稍後也察覺到這件事，表情變得嚴肅。

喀、喀、喀嚓喀嚓喀嚓！

像是相當急躁般，短促的腳步聲從通道的盡頭傳來。

對於那個人似乎不打算掩飾，莫名坦蕩的行為，兩人露出奇怪的表情，依然繃緊神經等待，魯斯握著劍，莉璃莉雅握緊拳頭。

「你到底對我做了什麼？」

不久後出現的人如此大喊並放出火焰之箭，魯斯用斬擊抵銷魔法的同時轉過頭。

「就算妳這麼說……先說妳究竟是誰？」

「這個人難道不是邊境伯爵大人的母親嗎？一方面是從暗道來的，另一方面您們兩位感覺也有不少不少不少的相似之處。」

「但據我所知，那個人的頭髮是紫色的……」

「你一定是做了什麼！哇！我的頭、頭髮…………啊啊啊！簡直就跟你一樣！」

莉璃莉雅和魯斯以從容、悠哉的語調猜測來者的真實身分時，「白髮女」用著要壓過他們的音量，驚慌失措地抓著頭髮大喊。

「啊，我知道了。邊境伯爵大人，她就是襲擊艾曼紐大人的凶手。之後再確認她是不是您的母親，先抓起來再說。」

自己得到結論的莉璃莉雅說出這句話後，魯斯散發出的氛圍轉眼間就變了。

魯斯迅速地瞇起眼睛，重新拿起劍，散發危險的氣息，女人嚇得屏住呼吸。

「等、等等！等一下！憑、憑什麼……」

「這是艾曼紐大人原創的詛咒喔！現在只是顏色變白而已，聽說之後頭髮會一根一根地掉下來唷！啊哈哈哈哈哈哈！真是罪有應得！」

「原來莉璃莉雅小姐也能夠笑得這麼開心啊……受艾曼紐詛咒，突然違法入侵的可疑人士，斬殺的理由相當充分呢。」

莉璃莉雅打從心底開心地大笑，魯斯臉上的表情略帶厭惡，兩人表現的樣子截然不同，但都配合著對方的呼吸，慢慢拉近與女人之間的距離。

「怎、怎麼可能會有那種術者死亡後，效果還持續的魔法……」

女人臉色蒼白地搖搖頭，在自己的面前築起一道火牆，試圖與其他兩人保持距離。

「啊哈哈，不打自招了呢！妳怎麼認為艾曼紐死了呢？凶手確定就是妳了！」

「艾曼紐還活著，如果有誰說她不該活著，我會盡全力除掉他們。」

莉璃莉雅的腳裹著水使出迴旋踢，滅掉部分的火牆，魯斯從那裡踏入，手裡的劍逼近女人的臉。

「等、等、等一下！你想對母親做什麼！這個不孝子！」

女人往後退避開劍，一邊喊道一邊設法到處撒水。

但也只能牽制住魯斯的動作，躲開攻擊。

「如果溫度高到可以燙傷人的程度，水也會是很優秀的凶器，而妳的似乎不是。看來沒有詠唱，好像也沒什麼大不了。好弱啊……我不認為這傢伙能夠獨自戰勝艾曼紐。莉璃莉雅小姐，現在不在這裡的襲擊者更危險，妳先回去艾曼紐身邊。」

聽到魯斯說的話，女人不知道是憤怒還是羞愧，滿臉通紅。莉璃莉雅稍微思考了一下，便馬上點點頭。

「卡蘭西亞守在那裡，應該不會有什麼問題……但我知道了，祝您順利。」

「什麼啊！你們兩個醜八怪要懂得分寸啊！」

女人對著準備離開的莉璃莉雅喊道，同時指尖對著她的後背射出火焰之箭。

然而在途中就遭到魯斯的劍抵消。

「哈！可是妳現在比我們還要醜喔？對了，請告訴我妳現在是什麼心情，我要回去分享給我的主人。」

莉璃莉雅轉身看了她一眼，帶著令人厭惡的嗤笑說道。

「……我要殺了妳！」

「哎呀！真遺憾，看來妳沒有能夠彙整出感想的才智和理智呢！」

女人因情緒激動而漲紅臉大叫時，莉璃莉雅一臉已經失去興趣的樣子轉身，跑向艾曼紐所在的房間。

「不會讓妳過去的，妳的對手是我。」

女人正準備追上莉璃莉雅，魯斯擋在她前面如此說道。她立即將憤怒和憎恨的目光轉向魯斯。

「明明是個廢物，你要阻止我？雖然我的髮色被奪走，但沒有失去任何魔力喔！」

「會進入揮劍範圍的魔法師只是單純的笨蛋，根本不足為懼。妳從剛才開始連詠唱都做不到吧？明明聽說我的母親是個非常可怕的人……」

魯斯以近乎憐憫的眼神看著女人。

「……唔！唉呀！你真是被養得很傲慢啊！」

「如果真是那樣，那一定是親生母親造成的！」

女人憤怒地大叫，從腰上抽出鞭子裹上火焰後揮向魯斯，魯斯用劍打掉鞭子。女人的目的似乎不是攻擊，而是為了拉開距離，她退了三步瞪著魯斯。

「……而且也被養得很善良呢！你始終在採取守勢吧？」

她深吸一口氣後稍微恢復冷靜，對著魯斯微笑。

魯斯眼神游移了一下，似乎在考慮著什麼，他摸一摸藏在衣服下方的黑蛋白石波洛領帶，低聲說道：

「每當說起妳的事情，我的妻子艾曼紐就會非常期待婆媳戰爭（物理上）。聽說她時常會跟莉璃莉雅說想揍妳一頓，讓妳吃點苦頭，想看妳難看的醜臉。最想做的是對妳下白髮的詛咒，看來似乎成功了。」

「什麼……？」

女人一臉困惑，魯斯絲完全不在意，平靜地繼續說下去。

「艾曼紐的願望，無論是什麼我都想實現。我也並不打算讓傷害她的人只是便宜地死去。」

如此斷言的魯斯，用極為冰冷的眼神看著女人。

「我想要妳飽受痛苦、充滿屈辱、恐懼到顫抖，嘗到各種磨難，即使求死不能，也得不到任何救助，整個人陷入絕望中。據說……女神的寵兒大人連身受重傷到瀕臨死亡的人都能夠治癒。」

女人從魯斯的眼神和冰冷的聲音感受到他是認真的，她的身體開始顫抖。魯斯無動於衷地望著她。

「不過，我大概很難掌握好分寸。不知道是否因為平時面對的都是魔獸，如果對象是人體，好像不管從哪裡下刀，都只能想像出死亡的結果。因為人類只要多流一點血就會直接死去，例如脖子……」

咻！

是先發出這樣的聲音？還是刀刃已經靠近到快要切掉一塊頭皮的程度？

「就連如此纖細的武器，都無法用魔法防禦。一眨眼脖子就會被砍斷，那樣妳就會在不知道發生什麼情況下死亡吧？這可不行。」

如此說道的魯斯把劍收回劍鞘裡。

彷彿無視原本拉開的距離，不知為何魯斯就出現在眼前，女人無法揮開這種感覺，覺得就算剛剛自己屍首分離也不奇怪。

「啊、啊……」

女人似乎不敢相信自己的脖子還在身體上，她抱著脖子癱倒在地上。

魯斯冰冷地俯視女人，繼續平靜地解釋「採取守勢」的原因。

「這就是我一直不願攻擊妳的原因，妳弱到甚至得煩惱要讓步到哪個程度。妳會使用一點魔法，卻只依賴魔法，導致肉體非常脆弱。而且行動緩慢、反應遲鈍、思考不周全，甚至沒有覺悟。看妳這樣……我反而覺得沒有顏色的自己更好。」

魯斯說完後，似乎意識到什麼，把手放在胸前的波洛領帶上。

「作為成對的飾品，我送她鑽石戒指。比起其他更漂亮、色彩更鮮豔的寶石，儘管沒有顏色，她卻非常喜歡鑽石的光輝。啊……原來如此，比起妳，我更優秀。我現在才明白雖然缺乏魔力，但我加倍的努力確實取得了成果。」

魯斯臉上瞬間露出如果艾曼紐看到會發出幼稚歡呼聲的美麗笑容，他突然用溫柔的聲音告訴女人。

「謝謝妳，母親，多虧了妳讓我更加明白。就如同艾曼紐說的，我並不差。」

女人掙扎地在地上爬行，試圖擺脫危及生命的威脅，與無法理解魯斯那種不適合現況的平靜而高興的樣子帶來的恐懼。

「我的確缺乏魔力，實際上卻有能力擔任邊境伯爵。就算是對上髮色比自己優秀的妳，我也不覺得自己會輸。沒錯，我能為艾曼紐效勞，儘管可能不是很優雅的方式，但她還是想要這樣的我！」

魯斯一邊因喜悅而顫抖，一邊說出這些話。他的視線前方是想盡辦法拉開距離，持續苦苦掙扎的女人，其動作慢到令人悲傷。她再也沒有力氣依靠那像是兒戲的魔法。

「如果將來出生的孩子像我一樣難看，只要對他說，像我和莉璃莉雅小姐一樣，擁有比魔法更棒的武器就可以了。不要墮落好好打磨，就能夠散發光輝，一定會有認同這點的人。就算長這樣，也想讓孩子看到父母無論到哪裡都過得很幸福的背影。所以……我要和她一起活下去。」

以燦爛的笑容如此說道的魯斯將劍連同劍鞘一起揮下，而女人只能以絕望的表情眼睜睜地看著。

莉璃莉雅回來有一段時間了，魯斯大人卻還沒有回來，是調查結束了嗎……？

當我這麼想的下個瞬間，從微弱的聲音和風向變化，感覺我沉睡的地點──魯斯大人房間的門打開了。

幾乎與此同時，莉璃莉雅站了起來。她應該是搬了一張椅子放在床邊坐著。

「邊境伯爵大人，到目前為止還沒有人來過這裡。」

從莉璃莉雅說的話來判斷，進來的似乎是魯斯大人。

「嗯，管家說從痕跡來看襲擊者可能是專業人士。那個人的身邊應該沒有能把事情做得那麼好的人，恐怕是委託了某個地方。我想他們應該沒有那麼講義氣，會奉陪怒氣沖沖地回到犯罪現場的愚蠢行為。不過，就算他們沒有從那邊過來，我也一定會抓到他們全部。」

聽起來確實是魯斯大人的聲音，那個聲音離我愈來愈近。

那個人「怒氣沖沖地回到犯罪現場」……也就是說，我的詛咒順利發動了？

「是的，必須抓住他們。但是考慮到勞力和時間，說實話更希望他們可以直接過來……這個宅邸的防衛本身就過於堅固，如果連暗道都無法使用，入侵這件事本身相當困難……既然他們不會過來，那我應該也留在那裡，一直打到看不出那個臭婊子原本長什麼樣子為止。」

唔！

莉璃莉雅平時說話就很惡毒沒錯，但剛剛說話的措辭粗魯到我都覺得震驚。不過，魯斯似乎完全不介意，他的腳步沒有停頓地走到我身邊。

兩個人站在我旁邊後，繼續他們的談話。

「臉嗎……綑綁的時候頭部受了點傷，但並沒有故意傷到她的臉呢……」

「嘖！艾曼紐大人絕對喜歡那張臉！您應該把她打到不成人形的。」

「那個人現在失去意識，我把她交給騎士看管，不過如果她醒來後大吵大鬧，那就有可能會傷到臉。好吧，我會提醒他們小心的。」

相比莉璃莉雅毫不掩飾的煩躁語氣，魯斯大人用平靜的聲音說道……總覺得「提醒他們小心」好像有什麼微妙的含意。

應該沒問題吧……？他的意思是說小心不要傷到那個人的臉吧……？假如有必要，

他會阻止莉璃莉雅的強力攻擊……吧？

既然是魯斯大人的母親，那張臉也長得非常端正。

「您說她現在失去意識，除了頭部以外的傷勢有多嚴重？您對她的攻擊到什麼程度呢？」

莉璃莉雅用彷彿是問「這多少錢」的平靜語氣詢問，魯斯大人淡淡地回答：

「妳好像有所期待……但我只是用劍鞘把她打昏。對了，還有戴上口枷，防止她詠唱造成麻煩，沒有粗暴地限制她。」

「……對於打算殺死我主人的凶手，您也太仁慈了吧？」

啊，她生氣了！莉璃莉雅的語氣非常平靜，我知道這其實是非常生氣的平靜。

我既覺得可怕，也覺得她為了我生氣有點開心，不過想到自己最後直接認命地接受那一刀，又覺得很抱歉，心情很複雜。

「交給法律來制裁，這點應該也徵得妳的同意了。」

魯斯冷靜的聲音像是在平息莉璃莉雅的怒意，這次莉璃莉雅毫不遮掩地表現出自己的憤怒。

「您說得是沒錯，但您不覺得生氣嗎……！當然會忍不住折斷、拔掉、壓碎、摧毀她。如果是我就會這麼做，畢竟她胡亂發射魔法的目的就是為了殺我們。」

胡、胡亂發射！那稍微粗暴一點也算是正當防衛吧？魯斯大人和莉璃莉雅沒有受傷真是太好了！

……應該毫髮無傷吧？畢竟他們兩個完全沒有提到受傷的話題。

嗚嗚嗚，真想快點醒來，我想確認魯斯大人他們平安無事。

「不能否認我也很生氣，不過關於這一點，在艾曼紐美好的魔法發動時，在某種程度上已經痛快了不少。」

「也是……自尊心那麼高的人，怎麼可能忍受得了帶著那種顏色生活。她可是只因為顏色，就能做出拋棄孩子這種事的人。不過，您作為被拋棄的對象，難道沒有別的想法嗎？」

「這點也是多虧了艾曼紐。那個人『不需要』我，但我的女神艾曼紐想要我。將她給我的這顆飽含真心的寶石戴在身上後，我打從心底如此認為。老實說，我根本不在乎那個人。」

對於莉璃莉雅不懷好意的質問，魯斯大人用一種聽起來好像很幸福的聲音回答。

到底發生了什麼事？魯斯大人明明之前還很頑固，現在卻完全克服了心理創傷，讓人有點困惑。

「我明白了，只要邊境伯爵大人覺得好，那就沒問題，交給法律來制裁。當然了，如果是艾曼紐大人，她也會希望如此。」

得到莉璃莉雅認可，我內心鬆了一口氣。

「不過，我還是想用這雙手讓她生不如死……這樣的想法，也許是想發洩對於自己沒能守護好這位的煩躁吧……這些話可不能讓艾曼紐大人聽到。」

「是的，艾曼紐是位仁慈的人，無論是那個人受到傷害，還是妳弄髒自己的手，即使只是假設，她都會感到心痛吧。雖然我已經對那個人沒什麼想法，但從血緣上來說，姑且還是我的母親。」

「您說得沒錯，我會為了艾曼紐大人嚥下這口氣的。在她醒來時，不想讓她看到或聽到任何骯髒的事情。」

對於莉璃莉雅和魯斯大人這樣的對話，我在鬆了一口氣的同時，感到一陣尷尬。

抱歉了兩位，我聽得一清二楚……

不是啊，我自己也沒想到會在假死狀態時聽到這麼多事情。

身體完全動彈不得，呼吸和脈搏也不受我的想法或感情影響，不知道為什麼耳朵聽得見，還能夠這樣思考各種事情……感覺好神奇。

我的臉頰突然傳來稍微有點粗糙的手指觸感，總感覺是魯斯大人的手指，即便我的內心因此感到鼓譟，實際上心跳應該沒有任何變化。

「……醒來嗎……莉璃莉雅小姐、格拉吉奧斯大人，能不能讓我跟艾曼紐稍微獨處一下呢？」

魯斯大人低聲如此說道後，我立刻感覺到莉璃莉雅正在移動。

「知道了，那我順便去看看那個臭婊子。卡蘭西亞，走吧。」

啊，卡蘭西亞原來也在嗎？

雖然沒有感覺到他離開，但是真的太安靜，還以為他已經走了。

是因為很擅長消除動靜嗎？是護衛或騎士的技能嗎？

當我在思考那些無關緊要的事情時，房間裡的動靜愈來愈少。

咦，等一下！真的是兩人獨處？

沒有傭人也沒有其他人，真的只有我們兩個？

啊，門關上了！我確實聽到關上的聲音！門完全合上了！

呃，我們確實是夫婦，兩人獨處也沒關係，然而這是我初次和異性單獨共處一室，更何況這裡是魯斯的房間，至少讓我做好心理準備……！

我的身體沒有任何變化，也沒有任何反應，但內心感到驚慌失措。

「艾曼紐真的很美……一動不動的樣子看起來就像是一尊完美的藝術品。應該已經超越人類可以達到的美麗境界了吧……？」

魯斯大人嘆了一口氣說出這句話，我的尷尬和緊張也隨之加劇。

你到底在說什麼？

我是普通不過的普通人，還是你的妻子，跟你再親近不過了！才不是那種會讓人著迷的東西！

在這個世界我確實很漂亮，希望你看三天就能習慣了。

雖然每次看到魯斯的長相，都會因為太符合我的喜好而看得入迷，這兩者不能相提並論。

「當妳醒來做出各種表情，便會散發更多的魅力，對我的心臟真的很不好。這麼一想，之前都沒有機會能夠當面如此冷靜地仔細看著艾曼紐呢……」

魯斯大人繼續說出令人費解的獨白，在他深吸了一口氣後，發出嘎吱嘎吱的聲音，他大概是坐在莉璃莉雅剛剛坐的那張椅子上。

「為了將來有一天能夠傳達給您，我想跟您說些，只有在您現在聽不到的時候才說得出口的話。」

聽到他在比剛剛還要近的地方如此宣布，我在內心困惑地歪頭。

嗯？嗯嗯嗯？

不是，我可以正常聽見喔，真的沒關係嗎……

我聽不到時才說得出口的話是什麼呢？是對我有什麼不滿嗎……？

不打算讓我聽見，卻換成平時對我說話的語氣，是有想向我傳達的心情嗎……？

「……我也愛您，請和我成為一對真正的夫妻。」

聽到這句話的瞬間，疑問、混亂和焦慮所有的一切都煙消雲散，心情異常平靜。

下一瞬間，心底衝出一陣喜悅包裹著我的全身。

在我高興到想要大聲叫喊，卻因為喊不出來沮喪不已時，魯斯大人的聲音輕輕地傳入耳裡。

「不小心愛上您了……原本不打算愛上您的。當初對您的感情，大概是一種崇拜，與您不是平等的關係……總之，那不能稱為愛。」

我隱隱約約有感受到這點。

對於魯斯大人用的是過去式，感到安心的同時，魯斯大人接著說：

「不知道那種感情是在什麼時候發酵成愛情的。我是在聽到那位男性稱呼您為『艾曼』，感到嫉妒的瞬間發現的。明明知道像我這樣的人沒有那種權力，明明像您這樣美麗的人當然應該得到大家的喜愛。儘管如此，我依然想著『那明明是我的妻子』……」

那是當然的啊！這樣很棒，反而更讓人開心。

他像是在懺悔罪過般用苦澀的語氣吐露心聲，我對於沒辦法安慰他的自己感到鬱悶不已。

「……在這麼想的那一刻，我覺得自己很可怕，不該對您有這種執著，於是離開了宅邸。」

根本沒關係！超歡迎你的執著！

無論是嫉妒還是束縛都是因為愛，不是應該感到開心嗎？

我想要如此大喊，卻依然喊不出來。魯斯大人慢慢地繼續說道：

「可是莉璃莉雅小姐和格拉吉奧斯大人過來找我……呵呵，莉璃莉雅還斥責我說：『請不要擅自判斷艾曼紐大人的幸福。』我們還聊了其他事情……最重要的是，他們兩個看起來很幸福。」

有那麼一瞬間還擔心莉璃莉雅是不是說了什麼失禮的話，但魯斯大人以愉快又平穩的聲音繼續說：

「老實說，我很羨慕他們，同時也讓我很想見到您。比什麼都還讓我在意的是，格拉吉奧斯大人看起來真的很幸福。如果我回應您的感情，您也會這樣笑嗎……我明白了您的幸福比任何事都還重要。」

突然傳來了放鬆的嘆息聲。

「即便是謊言，即便總有一天可能會遭到拋棄，只要現在能讓您感到開心，什麼都無所謂，我想要的是您露出那樣的笑容。我打從心底想著，為了您的笑容，無論是嫉妒還是執著都會壓抑在心裡。壓抑吧！我下定決心只把愛這一感情中的美好部分獻給您，準備回到宅邸。」

魯斯的聲音變得更加堅定，他輕輕地撫摸我的臉頰說道。

明明不是謊言，我也不會拋棄你，嫉妒也好執著也好，我都覺得很好……

希望他能夠連同看似骯髒的部分，展現全部的愛在我眼前。

然而關於這點，我與卡蘭西亞不同的是，卡蘭西亞喜好明確，他認為「比起顏色，更重視本領和為之付出的努力」，以及形成這一想法的「家族與特質」。是我的錯，沒有告訴他「最重要的是長相和個性，說實話，顏色和魔法怎麼樣都無所謂」與形成這一想法的「前世記憶」。

我並沒有詳細地說明喜歡的是你這個人，所以你才沒辦法完全相信我的愛，覺得我可能跟別人在一起，對不起。

「……沒想到，在我回來之前，卻聽到您失去意識的消息……我的心彷彿凍結了，感覺眼前的世界失去了色彩……深切地感受到，沒有您，我根本無法呼吸。」

費力地說出這些話的魯斯大人，他的聲音聽起來微微顫抖，可能正在哭泣。

內心的歉意加劇，我現在就想跳起來跪在地上，但是做不到。

「我切身地感受到這段時間有多幸福，後悔為什麼當初不好好珍惜……所以決定不再假裝。就算不可能，也要相信您愛我，緊緊地抓住您，我會努力讓您繼續愛著我，這就是我的決心。」

看樣子，魯斯大人剛才說的「即便是謊言，即便總有一天可能會遭到拋棄」的「即便是謊言」的部分，好像不用等我公開前世的事情，在我瀕死的時候就完全消失了。

如果我被魯斯大人的吻喚醒，就能證明我們是兩情相悅。不過，也許是在失去的時候才發現至今一直在身邊的存在。

我依然很對不起他，同時也很高興他能夠積極面對。

在我的心情如此矛盾時，他不再撫摸我的臉頰，而是將手掌輕輕地貼在我的臉上。

「無論對方是什麼顏色，我都不會輸，因為我比任何人都愛您。會為了您不惜一切代價，無論什麼事都會尊重您。雖然長相難看無法改變……我會在其他方面不斷努力，牢牢地抓住您的心。」

他如此表明決心的聲音與氣息愈來愈近，甚至到了他的呼氣碰到我臉頰的程度。

「所以我會給您一個吻，相信您一定會醒過來，相信我們彼此相愛。」

在他做出這個宣言後，一種柔軟的觸感輕輕地覆在我的嘴唇上。

貼在臉頰上的手也觸碰到我的嘴唇，他的嘴唇有點冰涼，稍稍地在顫抖。

彷彿能夠感受到他的緊張和恐懼。

如果我沒有醒來。

可能就會這樣死掉。

可能是我已經不愛他了。

想必很可怕吧。

不過——

一陣溫暖的感覺輕輕地從嘴唇散開，撫過我的全身。

有種血液慢慢地流淌到全身的感覺。

從被什麼撫摸過的地方開始，身體的掌控權似乎回到我的手中。

感受到粉紅色的光芒後，閉著的眼睛張開了。

「艾曼……」

「我也愛你，魯斯！我們一起獲得幸福吧！」

我高興地抱住眼前喊著我名字的人，大聲地喊道。

有很多話想說，這是其中最想說的話。

「什、什麼……？」

我輕輕地從一臉困惑的魯斯身邊離開，從一直躺著的地方突然爬起來，多少有點暈

眩，我用毅力撐住身體，坐在床上挺直腰背。

「首先，我想先道歉。因為沒有告訴你的辦法，也不是故意的，不過這都只是藉口……我全都聽到了，對不起。」

「…………全、全部？」

如此說道的魯斯大人歪著頭，全身僵硬。

「全部，沒錯，就是全部。義母大人對你胡亂進行魔法攻擊對吧？嚇我一跳，看起來……沒有受傷，真是太好了。還有我非常歡迎你的嫉妒和執著，會覺得麻煩是只有單方面付出的時候吧？我認為自己也非常會嫉妒，而且也很執著你，所以我們是雙向，是兩情相悅，所以說！完全沒有問題！」

在我說個不停時，魯斯大人的臉逐漸染紅。

「全、全部！您全都聽到了嗎？嗚哇、哇啊……！」

他用雙手捂著臉呻吟。

好可愛！好帥又好可愛！真的好喜歡他啊！

說實在的，我是想要直接這麼說，但他可能會愈來愈害羞，所以我稍微恢復我的形象，用平靜的聲音說：

「能夠聽到你的真心話，我很開心。」

「…………艾曼紐開心，那就再好不過了。」

魯斯的視線從手掌中略微往上，看著笑容滿面的我如此說道，雖然略帶淚痕，他確實這麼說了。

真的好可愛，我的愛意都要噴發出來了。

我細細品味對他的愛，以及終於能夠與他對話的喜悅，鼓起勇氣。

「既然我聽到你想隱瞞的事，作為交換……也不能這樣說，我也有一個祕密想告訴你……願意聽我說嗎？」

「祕密嗎……？」

魯斯大人一臉驚訝地抬起臉，他的臉還泛著紅暈，不過已經挺直腰背，擺出認真的表情。

看樣子他打算認真傾聽我的祕密。

「其實我完全不理解這世界的審美觀，因為我擁有在另一個世界生活的記憶——」

我就這樣說起那漫長的故事。

明明讓人難以相信，但魯斯聽得很認真，中間還問了好幾次問題，他既沒有懷疑，也沒有一笑置之，而是接受了這個故事。

最後他還表示：「如果不是這樣，就沒辦法解釋您為什麼喜歡我。」甚至還因為我早逝的前世而流淚，並發誓今後的人生要連同前世的分用幸福填滿。

他的溫柔，讓我再次愛上他。

就這樣，我們在這天成為了一對互通真心的夫妻。

尾聲

距離受到魯斯大人的母親再次襲擊並遭到捕獲之後，我從昏迷中醒來那天已經過了一個禮拜。

現在我跟魯斯大人正在會客室享受優雅的下午茶……才不是。我們兩個並排坐在沙發上，呈現精疲力竭，連伸懶腰的力氣都沒有的狀態，一邊嚼著餅乾，一邊喝著茶。只能用狼狽不堪來形容現在的樣子。

「終、終於回去了……」

「雖然不能對公爵夫人說，但幸好他們沒有把艾曼帶回去……」

我和魯斯大人這麼說完，像是做了什麼祕密奮鬥一樣相視而笑。

我的父親在這裡待到前幾天，母親則是待到剛剛，終於把他們都送回去了。

因為我的父母——貝特利公爵夫妻對於我差點遭到殺害這件事非常重視，打算把我帶回去。

儘管抓到了主犯，但還有其他襲擊者，再加上主犯是魯斯大人的血親。

也難怪我的父母認為「不能把女兒丟在這種地方」。

若是搭馬車從王都過來，需要一週的時間，他們竟然借用王室的飛龍，如同字面上的意思直接飛過來，隔天就趕到這裡。包括這點，父母為我著想的心情讓我有點感動。

然而，畢竟我終於和魯斯大人互通心意，一點都不想離開他。

同時我也為嫁到這裡的自己感到自豪。

因此，我開啟抵抗之路。

即便遭爸爸責備，還惹哭媽媽，甚至他們倆都說：「只要艾曼跟我們一起回家，就會準備所有妳喜歡的東西。」我也沒有屈服。

我和魯斯大人一起說服他們，父親因為工作的關係，沒辦法只顧著我，相對來說比較容易解決，而母親則是直到今天才終於放棄。

說是說服，其實主要是魯斯大人設法抓住所有的襲擊者，把暗道處理好，增加我的護衛人數（包括公爵派來的人），總算讓母親能夠接受。

只是，若我沒有如實傳達想待在這裡的心情，以及魯斯大人非常珍惜我的這件事，即使條件允許，母親也不會輕易放棄，所以應該也算是說服。

「我覺得根本不需要增加護衛的數量……」

我再次重申後，魯斯大人輕輕地拉起我的手。

「當然了，今後我會好好保護妳。但是艾曼是我的唯一，護衛再怎麼加強都不夠。我想珍惜深愛的妳。」

當他緊緊握住我的手，用真摯的眼神看著我說這些話時，儘管覺得這是過度保護，但又說不出抱怨的話。

最近感覺魯斯大人好像已經完全理解，我對他的臉沒有抵抗力這件事。

他開始以暱稱稱呼我，感覺自從擺脫崇拜模式之後，對我是揉合了一點捉弄心態的疼愛……

不過，這個變化並不壞。

「最重要的是，魯斯愈來愈有自信了。如果是不久前的你，應該會和父親、母親一起叫我回去。」

「是的，當時的我會認為像艾曼這麼優秀的女性，待在我這種人身邊太可惜了。更何況我還沒能保護好妳……一定會覺得妳回去才是幸福。」

魯斯認同地點頭，雖然是過去式，但一點都不有趣，於是我整個人靠在他身上。

「我的幸福由自己來決定，我想待在你身邊……你不是說會實現我的願望嗎？」

「是的，一切都如妳所願，我的女神。感謝妳是想要我這個人的奇蹟。」

我明明瞪著他，他卻露出無比幸福的微笑，用甜美的嗓音對我這麼說。

……可惡，長得真帥。

「如果我們是在那邊的世界在一起，反而是我配不上你……甚至可能會因為愛慕魯斯的人太多，根本無法靠近。」

在非常近的距離下，我露出燦爛的笑容，不由自主地說出那些話後輕輕地站起身。

「無論是在哪個世界，我都只要妳。不管身邊有誰，不管世人的評價如何，我的唯一就是妳。假如不是艾曼，就沒有意義。」

魯斯大人直視著重新坐回沙發上的我如此說道。

「我也是這麼想的，你就是我唯一的愛人，如果不是你，就沒有意義。所以不要再說『我這種人』這種話。」

聽到我說的話，魯斯大人愣了一下，他在理解之後，臉頰慢慢地泛紅，不好意思地笑了。

推測是反派千金的我「嫁給了全國最醜的男人」，據說有些人同情，也有一些人嘲笑我。

不過，對我來說，正因為未來的日子裡有這樣的人待在身邊對我笑，這絕對是最棒的快樂結局。

後記

感謝您拿起本書，我是惠ノ島すず。

本書講述的是女主角艾曼轉生到以魔力多寡，和魔力決定的髮色判斷美醜的世界，對全國最醜……非常負面（但對艾曼來說最帥）的男主角魯斯緊迫逼人與溺愛的故事。

「假定的反派千金在審美觀不正常的世界裡，被迫接受懲罰性的婚姻，但因為審美觀的偏差，她反而非常興奮」正如カクヨム上所寫的這句介紹文一樣，這個故事充滿由開朗、活力滿滿的艾曼，與出乎意料地悲觀的魯斯之間經常不在同一個頻道的對話。我寫得非常開心，希望大家也能喜歡。

感謝繪製精美插畫的藤村ゆかこ老師、責任編輯S大人以及相關人員，還有古森きりちゃん老師、あるるん、エンシェントみ、美味しそうなにくまん、しんご、土屋佳子與其他朋友。此外，也想與家人和愛犬ミルク致上深深的謝意。

未來有機會再相見。

惠ノ島すず

重啟人生的千金小姐正在攻略龍帝陛下 1 待續

Kadokawa Fantastic Novels

作者：永瀨さらさ　插畫：藤未都也

「我一定會讓您重新做人——不，會讓您幸福！」
十歲少女與孤獨陛下的年齡差戀愛奇幻故事！

身為千金小姐的吉兒，遭到未婚夫王太子下令處決。在她即將死亡的瞬間，時間回到六年前訂下婚約的那場派對。為了避開毀滅性發展的路線，她臨時起意向身後的人求婚，沒想到那人居然是最大的敵人——哈迪斯皇帝！於是，人生重啟！

NT$200/HK$67

國家圖書館出版品預行編目資料

假定反派千金似乎要嫁給全國最醜的男人 / 惠ノ島すず作 ; 劉姍珊譯. -- 初版. -- 臺北市 : 臺灣角川股份有限公司, 2024.05

面 ;　公分. -- (Kadokawa fantastic novels)

譯自 : 推定悪役令嬢は国一番のブサイクに嫁がされるようです

ISBN 978-626-378-939-5(平裝)

861.57　　　113003136

Kadokawa
Fantastic
Novels

假定反派千金似乎要嫁給全國最醜的男人

（原著名：推定悪役令嬢は国一番のブサイクに嫁がされるようです）

2024年5月8日　初版第1刷發行

作　　者：惠ノ島すず
插　　畫：藤村ゆかこ
譯　　者：劉姍珊

發 行 人：台灣角川股份有限公司
總　　監：呂慧君
總 編 輯：蔡佩芬
主　　編：林秀儒
編　　輯：楊芃青
設計指導：陳晞叡
美術設計：周欣妮
印　　務：李明修（主任）、張加恩（主任）、張凱棋、潘尚琪

發 行 所：台灣角川股份有限公司
地　　址：104台北市中山區松江路223號3樓
電　　話：（02）2515-3000
傳　　真：（02）2515-0033
網　　址：www.kadokawa.com.tw
劃撥帳戶：台灣角川股份有限公司
劃撥帳號：19487412
法律顧問：有澤法律事務所
製　　版：巨茂科技印刷有限公司
ISBN：978-626-378-939-5